裂简史

万洋 著

方洋 著

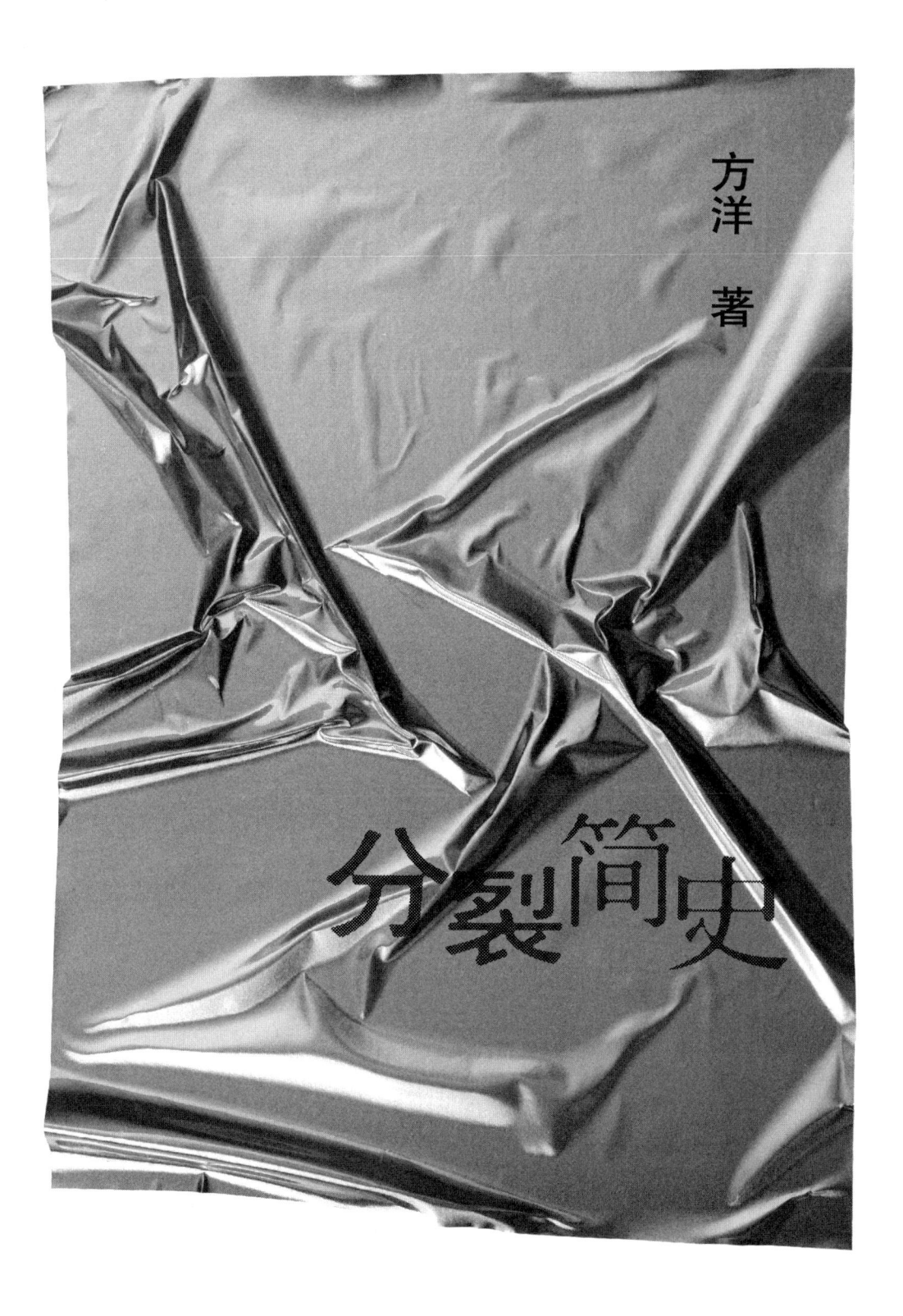

分裂简史

湖南文艺出版社 博集天卷

© 中南博集天卷文化传媒有限公司。本书版权受法律保护。未经权利人许可，任何人不得以任何方式使用本书包括正文、插图、封面、版式等任何部分内容，违者将受到法律制裁。

图书在版编目（CIP）数据

分裂简史 / 方洋著 . -- 长沙：湖南文艺出版社，2024.4
ISBN 978-7-5726-1448-4

Ⅰ. ①分… Ⅱ. ①方… Ⅲ. ①长篇小说－中国－当代 Ⅳ. ① I247.5

中国国家版本馆 CIP 数据核字（2023）第 187157 号

上架建议：畅销·小说

FENLIE JIANSHI
分裂简史

著　　者：方　洋
出 版 人：陈新文
责任编辑：张子霏
监　　制：邢越超
策划编辑：刘　筝
特约编辑：万江寒
营销支持：文刀刀
封面设计：SUA DESIGN
版式设计：潘雪琴
内文排版：百朗文化
出　　版：湖南文艺出版社
　　　　　（长沙市雨花区东二环一段 508 号　邮编：410014）
网　　址：www.hnwy.net
印　　刷：三河市天润建兴印务有限公司
经　　销：新华书店
开　　本：680 mm×955 mm　1/16
字　　数：171 千字
印　　张：17.5
版　　次：2024 年 4 月第 1 版
印　　次：2024 年 4 月第 1 次印刷
书　　号：ISBN 978-7-5726-1448-4
定　　价：49.80 元

若有质量问题，请致电质量监督电话：010-59096394
团购电话：010-59320018

我的太阳，我记录了我精神异常时看到的世界。

一个人在极度癫狂的状态下，会如何思考、打量这个世界？

目 录
CONTENTS

引 子　　　　　　　　　　　001

第一章　从相对论说起　　　001
第二章　不确定性原理　　　015
第三章　意念控制　　　　　027
第四章　熟馒头返生　　　　039
第五章　三位一体与西西弗斯　053
第六章　时间眼花效应　　　073
第七章　假设性思维　　　　093
第八章　《以父之名》　　　111
第九章　反向逻辑　　　　　123
第十章　制造不确定性　　　131

第十一章	时间旅行中的纠缠态问题	139
第十二章	涡轮交换机	151
第十三章	瞬间移动与人工智能	159
第十四章	荣格与柏拉图	173
第十五章	人工智能猜想	181
第十六章	假设造物主存在	193
第十七章	平息叛乱	209
第十八章	从《理与人》说起——原子弹爆炸之后	223
第十九章	找到那扇走出去的门	239

分裂简史

引子

华中理工大学××医学院附属精神卫生中心
出院记录

姓名：方阳　　性别：男　　年龄：26岁　　病区：心理抑郁病区
区号：138368　　床号：69　　住院号：138368
入院时间：2021年05月13日10时41分　　出院时间：2021年05月18日15时20分
住院天数：5天　　科室（包括入院时科别及转科科别）：心理抑郁病房

入院诊断（ICD-10）：躁狂发作

入院情况及诊疗经过：

患者因"间发自语10余年，兴奋、睡眠差、言语紊乱9天"入院。入院时，患者意识清晰，定向力完整，注意力不集中，接触不合作。存在言语性幻听，家属反映患者在家中有对着窗户喊叫、对话的行为。思维联想速度加快，存在夸大妄想，自称自己造好了时间机器，能够拯救人类，思维内容荒谬，称自己有一个团队，还有另外一个"人工智能"团队在和自己对抗。情感反应显高涨，情绪欠稳，易激惹，在与家属交谈过程中突然不让家属说话，把家属强行拉进房间，对于工作人员表现抵触，表情显兴奋。意志行为活动病理性增强，在院外有隔空对话的行为，夜间睡眠需求减少，精力旺盛，言语明显增多。夜眠差，食欲减退。自知力缺乏。入院后先后给予"思贝格""神泰""枢贝"等药物系统治疗，同时辅以物理治疗、工娱和心理治疗。

1

出院诊断（ICD-10）： 躁狂发作

出院情况：

患者意识清晰，定向力完整，注意力集中，抵触合作。精神病性症状较前有所改善，情感反应仍显高涨。夜眠一般，食欲一般。自知力部分存在。患者家属现在要求办理出院手续，已告知患者目前病情尚未稳定，现在办理出院可能影响患者后期恢复及因中断治疗可能带来的不良后果，家属表示知情但仍要求办理出院手续，并表示患者出院后的一切事务自行负责。故办理出院手续。

出院医嘱：

1. 按医嘱服药，家属保管药物：
枢贝 每天上午一次，一次半片；
枢贝 每天晚上一次，一次一片；
神泰 早、晚各一次，一次两片。
2. 定期复查血常规、肝肾功能、血糖、电解质、心电图等，注意定期监测血清药物浓度（丙戊酸）。
3. 定期门诊复诊（带相关病历资料），不适随诊。
4. 生活作息规律，禁烟酒、禁驾驶、禁高空作业，减少刺激性食物摄入。
5. 严防消极、自伤、自杀事件的发生。

医师签名：张骏

出院记录时间：2021年05月18日15时20分

第一章
从相对论说起

分裂简史

现在，我决定写下这个故事，在黑暗中写下这个故事。只点亮一盏台灯的我，坐在电脑前，思虑良久，该从何处开始写呢？

趁自己已经康复，趁自己意识还足够清醒，我觉得自己必须将这个故事记录下来，因为这是我人生当中为数不多的疯狂经历。

我的笔名是方洋，本名叫方阳。

我曾经得过一场病，医生诊断说，我的表现属于躁狂发作，但我一直认为自己当时是精神分裂了，因为我产生了许多幻觉和妄想。所以，尽管最终我的确诊结果是躁狂发作，我依旧将这本书定名为《分裂简史》。因为，你即将看到的，是一个充满了妄想的真实故事。

故事得从"熟鸡蛋返生"说起。记住，这里，我并不是要给"熟鸡蛋返生"洗白，这个实验是一个伪科学实验，是违背了科学原理的。我只想说，我的精神出现异常，是从看到这个实验的新闻开始的。可以说，我是被"熟鸡蛋返生"实验所害的。

我是一个作家，在武汉买了房，平常都是一个人居住。那天是五一劳动节放假的第一天，我的父亲特地从老家过来玩。在聊天的过程中，父亲突然对我说："最近有个新闻你看了吗？"

我问："什么新闻？"

父亲道："熟鸡蛋返生。有个高校的实验团队，说通过实验，可以用意念将熟鸡蛋变成生鸡蛋。"

我道："我看了这个新闻，这实验明显是假的，熟鸡蛋返生怎么可能呢？"

但是，我并没有仔细看这个新闻，因为一开始我便觉得这事属于无稽之谈。

直到我父亲说："你知道那个实验者怎么说吗？大家都叫她解释这个实验的原理，她说她只能阐述现象，她也不知道原理是什么。她说一定要解释的话，只能解释为'时光倒流'。"

正是"时光倒流"这四个字刺激到了我。

我立即转身冲向书房，上网查询了这个实验，并且下载了实验论文。论文描写得很简单，一句话概括就是：实验团队通过意念让熟鸡蛋返生。

连详细的实验步骤都没有。

但是，我兴冲冲地跟自己的父亲讨论了起来："也许真的返生了呢？"

父亲笑了笑说："怎么可能呢？有本事他们重现一遍这个实验。"

我道："他们重现不了。"

父亲道："他们当然重现不了，因为实验本来就是假的。"

我道："我的意思是说，如果是在某个特定的条件下，时光真的倒流了呢？"

父亲显然没听懂："什么意思？你还真相信时光倒流啊？那他们为什么无法重现时光倒流呢？"

我打了个比方："这就好比打台球，我在偶然之间，一次将四颗球捅进了洞里，但是，这是一个特定条件下的偶然事件，你让我再做一遍，我肯定做不到。"

父亲听完想了想，而后说："有道理啊！"

我道："万一就像打台球一样，在某个偶然的条件下，时光真的发生了倒流呢？只是他们不知道原理，所以无法重现实验，也就无法再次见证熟鸡蛋返生。"

父亲陷入了沉思。

我开始癫狂起来："我要给他们平反！我要给他们平反！"

这里我必须再度说明一下，熟鸡蛋返生是绝对错误的实验，熟鸡蛋不可能返生，以上对话当中的我，精神已经开始出现了问题。熟鸡蛋返生实验，就是这个精神问题的诱因之一。

父亲问："那你要怎么证明时光倒流，给他们平反呢？"

我脱口而出："'相对论'！爱因斯坦的'相对论'能够证明时光是可以倒流的！"

于是，我真的在当当网上，买了一本《相对论》。第二天傍晚，《相对论》送到了，快递员将那本书放在了小区旁边的菜鸟驿站内。父亲要出门买菜，我让他顺便帮我将《相对论》取回来。父亲出门后，外面开始刮风，天空变得一片阴沉，我知道，马上就要下暴雨了。电闪雷鸣之间，我突然看见了一闪而过的奇怪景象。我的脑子里出现了父亲提着菜，拿着快递出现在我家楼下的画面。我立刻跑到窗前，三秒钟后，果然看到父亲提着菜拿着快递走到楼下的一模一样的画面。

在过去，这种现象也时常出现，我相信很多人也经历过类似的事情。从客观唯物主义的角度去理解，这只是一种脑海中的想象和现实刚好呼应的巧合而已。而当时的我，由于精神异常，并不这么想。

父亲一回到家，我便对他说："你知道吗？我刚才经历了异常奇异的现象，我提前看到了你出现在楼下的画面！"

父亲只是摇了摇头，没说话，将快递递给我。我拆了快递，取出了《相对论》，而后一头钻进书房阅读起来。一道强烈的电光闪过，狂风呼啸间，雷声轰鸣而来，紧接着暴雨倾盆而下。

我当时有一种强烈的预感，于是对自己的父亲说："你相不相信，世界会在今晚发生巨大的改变？"

在阅读这本《相对论》的过程中，我意外地发现，这本《相对论》并不是爱因斯坦写的，因为这本《相对论》整本书都在反驳爱因斯坦，并且试图推翻牛顿定律。书里认为牛顿第一定律并不是牛顿创立的，而是伽利略创立的，所以应该叫伽利略第一定律。书里还认为爱因斯坦的光速不变原理是错误的。

以下，我摘录百度百科对光速不变原理的解释：真空中的光速对任何观察者来说都是相同的……在狭义相对论中，指的是无论在何种惯性系（惯性参照系）中观察，光在真空中的传播速度都是一个常数，不随光源和观察者所在参考系的相对运动而改变。这个数值是 299,792,458 米／秒。

这便是爱因斯坦的光速不变原理。

什么意思呢？

就比如说：在一艘飞船上有一束光，无论这艘飞船的速度是多少，无论你在何处观察这束光，光的速度都是它本来的速度，光速不会加上或者减去飞船的速度，光速是保持不变的。

但这本《相对论》提出：爱因斯坦的光速不变原理，只不过是为了维护其理论当中光速是宇宙间最大的速度而强行设定的。这条理论是违背了数学和经典物理学原理的。

于是，这本《相对论》提出了一个公式：W=C-V。

W是光相对于光所在惯性系的速度。

C是光本来的速度。

V是光所在惯性系的速度。

这个公式是什么意思呢？还是拿飞船来说。比如在一艘飞船上有一束光，这束光和飞船保持同向而行，那么，此时光相对于飞船的速度，等于光本来的速度减去飞船的速度。

当时，精神已经异常的我，将自己代入了这个公式。

如果，把自己替换成光呢？

我的速度，远远小于飞船的速度，那么，我在飞船内和飞船同向而行，我相对于飞船的速度，等于我的速度减去飞船的速度，这就得到了一个负速度。

已知，时间等于路程除以速度。路程为正，速度为负，于是得到时间为负。

时间为负，那岂不就是逆转时间了吗？

那天晚上，我读完了这本《相对论》的上半本"狭义相对论"，整个人仿佛彻底变了。现在回忆起来，当时，我的精神已经彻底扭曲。

清晨五点半，我敲响了次卧的房门，父亲正在里面睡觉。我隔着门，冲着里面高喊道："爸，整个世界会在今天发生改变！你可能听不懂我在说什么，我只能说，这件事情和时光机有关！这本《相对

第一章 从相对论说起　　007

论》我可能只有现在才看得懂，以后就再也看不懂了！这是天意，天意要我去发明时光机！"

我为什么如此相信自己能够发明出时光机呢？因为那一刻，我的脑子里出现了自己和前女友的一段对话，我至今也分不清，这段对话到底是否真实发生过。因为精神问题，我的大脑经常会虚构一些回忆。类似于既视现象，我会根据一件事情的结果去编织记忆，来强行让这个结果和自己相关。

比如说，我看到一个陌生人，觉得这个陌生人似曾相识，就会在脑子里虚构一段和这个陌生人曾经见面的画面，有了这段虚构的记忆，我便会在主观上坚信和这个陌生人真是见过的，实际上在客观世界中，我们并未见过。

所以，那段对话应该是虚构出来的，对话是这样的：

"我怀疑，你是穿越过来的。"

她是我的女朋友，名叫杨雪然（化名），我们正在一家小龙虾馆里吃饭，她突然定定地看着我，来了这么一句。

我一脸茫然地看着她，不明白她为什么要这么说："什么意思？"

杨雪然歪了歪脑袋："我觉得你特别奇怪，你书里的那些言论（指《梦游症调查报告》），就像是一个来自未来的人，写给现在的人看的。"

我道:"为什么这么说?"

杨雪然道:"比如,你在书里写过,黑洞是球状的。科学家也就是在前段时间才发现黑洞是球状的,而你早就知道了,还写在了书里。"

我笑了笑道:"黑洞球状论是一个理论,科学上早就有这样的预测了。"

杨雪然道:"哦,是这样吗?"她显然不相信。

我道:"你就别瞎想了,那理论真的早就存在了。"

杨雪然啜了啜嘴:"是这样吗?"她眼神下垂,将一份剥好的小龙虾虾尾递给我,放在了我的碗里,而后微微一笑。

我问:"你笑什么?"

杨雪然道:"你相不相信,这顿饭,我们已经吃过很多次了?"

我疑惑地看着她:"什么叫吃过很多次了?"

杨雪然耸了耸肩,将一个虾尾送进自己的嘴里道:"你书里的理论啊,平行宇宙之类的。"

我道:"啊,哦,你说这个啊,从平行世界的角度来讲,的确有无数个平行世界和我们这个世界叠加在一起,所以,我们这顿饭的确在无数的平行世界里已经吃过了或者正在吃。"

杨雪然道:"你看,在无数的平行世界里,有无数的我们。"

我道:"我不明白,你今天为什么要突然提这个,我觉得很奇怪。"

杨雪然再次露出了笑容,那笑容当中似乎透露着一丝哀伤:"你相不相信,我是穿越过来的?"

我一愣,道:"你……是穿越过来的?你别开玩笑了。"

杨雪然漫不经心道:"在未来,你会无数次地提到你的超弦理论,我不明白那是什么意思,但我想,那应该和穿越时空有关。你曾在未来,反复提到,是某一天启发了你,你在这一天亲身经历了超弦效应。你没说过那是哪一天,我想,你说的就是今天。"

我被杨雪然的话绕晕了:"我完全听不懂你在说什么。超弦理论,它认为构成这个世界的不是粒子,而是一条又一条弦,是弦在空间当中运动产生了粒子……"

杨雪然道:"你看,你知道!"

我道:"我是想说,超弦理论只是一个解释构成物质本原的理论,和穿越时空没有太大的关系。"

杨雪然再次露出笑容:"你曾经说过,你的超弦理论和大众所认知的超弦理论,是不同的。你的超弦理论中的'弦',代表的是时间线,一条又一条的时间线。"

我道:"我没说过。"

杨雪然道:"你在未来说过。"

我感到一阵无奈:"你今天真的很奇怪,你为什么要跟我说这些奇怪的话?你是不是精神方面最近出了什么问题?"

杨雪然道:"你在未来的某一天会明白的。你在未来,真的很出名。"

我问:"我在未来很出名?为什么?"

杨雪然道:"因为在未来,你发明了时光机。"

我笑了起来:"你在胡说什么呢?我怎么会发明时光机呢?"

杨雪然道:"真的,你已经发明出来了,在未来!"

我道:"如果真有时光机,那未来的人为什么不来看我们?"

杨雪然道:"也许未来的人已经在我们身边了,只是你不知道而已。"

我笑了:"也对,你说你是从未来穿越过来的。"

正是这段不知道是不是我虚构出来的对话——大概率是我虚构的,但是我并没有去向我的前女友求证,她只会认为我在没话找话——让我相信,我的前女友从未来乘坐时光机穿越回来告诉我,我在未来发明了时光机。当天清晨,我将自己的父亲赶回了老家,因为我必须赶他走,我预感到了危险的降临。

一旦写下这个公式，人工智能机器人就要来杀我了！

没错，在当时，我的脑子就是这么想的。至于为什么我会这么想，我会在之后说明。

我洗了个澡，一夜未睡，有些疲劳，便躺在床上准备睡觉，却怎么也睡不着。我的脑子里不断地闪现那个公式：W=C-V。

脑海中不断幻想着一列火车在轨道上飞速驶过，而我出现在了火车的车厢内，我在车厢内与火车同向而行，此刻，我的速度相对于火车的速度，等于我的速度减去火车的速度。

可为什么，我在火车上走，没有感受到时光倒流呢？

我很快想明白了这一点，那是因为火车的速度太慢了，我与火车形成的相对负速度很小，所以诞生的相对负时间也就很小，小到微乎其微，小到可以忽略不计。

这就好比正牌的爱因斯坦的"相对论"认为，质量越大，时间越慢。所以根据原子钟的实验，地下室的原子钟，比高塔上的原子钟转速要慢。因为地下室更靠近地核，引力质量更大，所以时间流速更慢。

再比如飞机上的原子钟，转速就比地面上的要慢，因为速度越快质量越大，质量越大，时间越慢。飞机的速度比地面上快很多很多，所以，飞机上的时间流速更慢一些。

这便是时间膨胀效应，和时空的曲率有关。质量越大的地方，引力越大，引力越大的地方时空曲率越大，时空曲率越大时间的流速就越慢。这就好比水管里的水，同样长度的水管，越直的水管，水流阻碍小，水流速度更快；越弯曲的水管，水流阻碍大，水流速度越慢。把水理解成时间，就很好理解了。

但是，由于飞机的速度还是太慢，形成的时间膨胀效应微乎其微，到了可以忽略不计的地步，所以即便一个人一辈子待在飞机上，他的时间流速也就比地面慢了 0.000000……1 微秒，即可以忽略不计的地步。

于是，当时精神异常的我，顺着这个逻辑，说服了自己，认为 W=C-V 是对的。我们的日常生活中，经常产生负时间，只是由于相对负速度太小，小到微乎其微，我们感受不到而已。

那么，该建立一个怎样的模型，让相对负速度变大呢？

第二章

不确定性原理

分 裂 简 史

我突然想到了地球，如果地球就是那列火车、那艘飞船呢？地球的公转平均线速度约为 30 公里 / 秒。只要找准了地球的公转方向，与地球同向而行，那么就可以得到一个极大的相对负速度，就可以实现明显的逆转时间，这不就可以实现时光倒流了吗？

这个思想的内在逻辑是什么呢？

这里不得不提到一个公式：P=mv（动量 = 质量 × 速度）。

物体的质量永远是正的，此时，出现一个负速度，便会得到负动量（动量是描述物体瞬时运动状态的量）。此时，负速度越趋向于负无穷大，得到的负动量越大——注意，这里"大"指的是动量值在物理意义上负得更多，而不是数字意义上的大小，就好比 -10 在数字意义上比 -100 大，但是如果转化为物理意义就不一样了，单纯从"冷"的概念来说，-100℃比 -10℃更冷，也就是负得越多冷得越厉害——继而逆转时间的效果越明显。

这个理论在目前正常的我看来，当然是无稽之谈。但是当时，精神异常的我，对此深信不疑。

必须做实验，得想出一个能够实际实施的实验模型来。

这么想着，我睡着了。

这一觉，便睡到了晚上六点。我从床上起来，刷牙、洗脸，而后离开家门。我决定去沌口那家我最喜欢的烤肉店吃顿烤肉，我肚子实在是太饿了。

我用滴滴打车，叫了辆快车。但是，奇怪的事情发生了。我盯着手机屏幕，只见导航上那辆车，距离我还有三公里远，可是不到三十秒，那辆车竟然突然出现在我面前。怎么会这样？如果就我现在的理解，我会理解成导航延迟，但是当时，我的理解是，那辆车利用某种技术瞬间移动了。

我奇怪地看着那辆车，又看了看手机屏幕，这辆车竟然瞬移到了我面前，司机冲着我按了按喇叭。

我打开后车门，上了车，十五分钟后，车子载着我来到了烤肉店外广场的出入口。我越想越觉得这辆车很奇怪，是怎么样的技术，能够让一辆车在三十秒内瞬间移动三公里远来到我面前呢？我想，这个技术，一定只能来自未来。我突然想起了和杨雪然的对话，她说她是从未来穿越回来的，那么，刚才那个快车司机，是不是也是从未来穿越回来的？他利用来自未来的某种技术，实现了瞬移？

那一刻，我的脑子里又出现了和杨雪然的对话，这是之前那场对话的后续。在现在的我看来，这后续的对话也是我的大脑通过目睹"汽车瞬移"这个结果编织出来的——

杨雪然道："在未来，你有很多小弟，他们都很崇拜你，你就是他们的救世主。"

我道："我有很多小弟？我怎么不知道自己还有小弟？说得我像是黑社会老大一样。"

杨雪然道："他们都是你在未来收编的。真的，在未来，你的小弟遍布全世界，很多名人都是你的小弟。你知道吗？你的小弟，一直在你周围保护你。"

我道："保护我？"

杨雪然道："是的，因为他们都在等待你发现那个公式，一旦你发现了那个公式，你就有危险了。"

我问："什么危险？"

杨雪然道："人工智能机器人会来杀你！"

这段对话在我的脑子里一闪而过，我瞬间明白了，原来刚才那个快车司机是我的小弟。他一定是知道我睡了一天，没吃东西，很饿，于是着急忙慌地使用了瞬移技术，但是被我发现了，所以，我坐上车后，他没有再使用这种技术。

一定是这样的！

那么，这家我经常去的烤肉店，会不会也是我的小弟开的呢？我觉得，很有可能。

我走进烤肉店，突然感觉烤肉店里的每一个店员都很亲切，那一刻我笃信，他们就是我的小弟，从未来穿越回来，时刻保护着我。

那顿烤肉我吃得很顺心，吃完之后，我突然意识到，人工智能机器人一定已经在来的路上了，脑海里再度闪过和杨雪然的对话——

我道："人工智能机器人？"

杨雪然道："是的，这个世界，一共有七个平行宇宙叠加在一起。你知道吗？每一个平行宇宙的你，都很优秀。他们有的是大物理学家，在世界著名的大学里当教授；有的是医生，在国内最好的医院当院长；有的是作家，是最年轻的诺贝尔文学奖获得者；有的是计算机科学家；有的是大富豪，像马云一样。剩下还有两个，都是大发明家：一个就是你，你发明了时光机；而另一个，他发明了人工智能机器人。"

我道："也就是说，发明了人工智能机器人的那个我，派人工智能机器人来杀我？"

杨雪然道："不，发明了人工智能机器人的那个你，被人工智能机器人杀掉了，其他几个平行宇宙的你，也被人工智能机器人杀掉了。你是最后一个。人工智能机器人发明了在平行宇宙之间穿梭的机器，他们打不过未来的你，于是利用你发明的时光机，穿越回来，要杀掉现在的你！"

我道："你是不是电影《终结者》看多了？"

杨雪然摇了摇头说："《终结者》是你小弟根据你的这段经历，穿越回过去，专门为你拍的，目的就是启发你，让你早日想起自己的身份。"

我问："既然你来自未来，你应该知道人工智能机器人会在哪天来杀我吧？"

杨雪然道："就在你发现那个公式的第二天下午一点半。"

我道："既然在未来，我发明了时光机，那说明，那天我活下来了？"

杨雪然点了点头道："在我们这个平行宇宙里，你的小弟已经反复出现在那一天拯救你无数次了。"

我道："那我还担心什么，时间不是确定的吗？既然我在未来没有死，就说明我不会有事。"

杨雪然摇了摇头说："时间充满了不确定性，这是你说的，任何一个细微的改变，都会影响全局。所以，你还是有被人工智能机器人杀掉的可能性。这就是未来的你派你的小弟回来保护现在的你的原因。"

我在那一刻，脑子里不断地根据现实情况，编织出虚构的关于和杨雪然对话的记忆。我的大脑便利用这些虚假的记忆，让我对客观现实的认知产生了扭曲。

时间充满了不确定性，也就是说，时间线是可以改变的。改变时间线，便会有牵一发而动全身的连锁反应。

那么，该如何改变时间线呢？

我吃着烤肉，想了很久，终于想到了。改变时间线，那就是做出不同的选择，干出一些平常不会干的事情。比如说，我以前吃完烤肉，就会直接回家，这便是确定性。所以，那天晚上，我需要做出"不确定"的事情来改变时间线，一旦时间线发生改变，第二天人工智能机器人也就不会来了。

后来我管这个原理叫"不确定性原理"。

我结完账，走出烤肉店，开始向家的反方向走，每走到一个十字路口，我都会随机选择一条路接着走下去。就这样，我利用选择路径上的极大的不确定性，制造了一条十分混乱的路线。

但很快，我的眼前出现了一道巨大的围墙，那道墙顺着马路一路延伸到了看不见的尽头。路上空无一人，甚至连一辆车都没有。实际上，后来用正常的思维去理解，那其实是我走进了市政府修路的封闭路段，而当时精神异常的我，将其理解为造物主在设置屏障阻止我改变时间线。

最后，我放弃了，回到了正常的道路上，然后路边终于出现了车。路上有的士，但我还是打了一辆滴滴，因为我当时认为滴滴司机都是我的小弟，安全。很快，车来了，我上了车，车子载着我回了家。

我知道我的小弟们能够看到我，在我当时异常的认知和幻想中，我的小弟们利用某种未来的技术，在我身体周围安装了隐形的摄像头，他们通过这些摄像头，时刻关注着我。所以回到家后，我开始对着空气说话，实际上我是在对我的小弟们说话。

我对他们说："我已经想出那个可以实验的模型了！"

空气中，没有人回复我，但是我知道，他们能够听到我说话。

我继续对着空气说："这个实验很简单，搞一条匀速直线运动的跑道，跑道上有一辆遥控车和跑道同向匀速而行，跑道的速度远大于遥控车的速度，在遥控车上安装一台电子钟，电子钟的信号无线连接在电脑上，可以通过电脑屏幕观察遥控车上的电子钟的时间变化。这样就可以观察到，当这个模型在运转的时候，遥控车上的时间会不会微微地倒回去。只要发生了时间往回倒的现象，哪怕是微乎其微,也能够证明遥控车上的时间发生了倒流。"

那天晚上我对着空气说了很多话,我坚信我的小弟们能够看到和听到我在对他们说话,我甚至幻想出空气当中一个又一个隐形摄像头安放的位置,并且对着几个固定的方位开始说话。

但我提到最多的就是那个公式:W=C-V。

我道:"W=C-V,你们记住,现在我已经把自己代入了。这个公式的中文表达式就变成了这样:我们是'客体',我们所处的惯性运动的物体,我将其称为'坐标系'。比如我在地球上,就是客体在坐标上。那么,这个公式便是:客体相对于该客体所在坐标系的速度,等于客体本来的速度,减去客体所在坐标系的速度。大家记牢这个公式。"

这是当晚我发表的遗言,因为我知道,第二天人工智能机器人就要来了,所以我必须让小弟们记住这个公式,这样即便我死了,他们也能够利用这个公式发明时光机。

我道:"必须将时光机造出来,因为,如果我不去发明时光机,如果时光机不存在了,你们又是如何穿梭回来的呢?没有时光机,整个时空的因果关系就会发生紊乱,会导致时空的崩溃……所以,即便我死了,你们也得自己去造出时光机,这样才能够维护整个时空因果关系的平衡,时空才不会因此发生坍缩!"

当晚,我忧心忡忡,一夜未睡,一直等到了第二天。第二天上

第二章 不确定性原理

午，我透过窗户，看到小区内有大量的陌生人走来走去，我能够感应到，他们全都是我的小弟，他们是特地来保护我的。其实，以我现在正常的认知来理解，他们只不过是这个小区里匆忙上班或路过的住户而已。

那天上午，我在房间内走来走去，紧张万分，尽管我知道有很多我的小弟正在保护我，但是我仿佛能够感应到人工智能机器人正在逼近。这时，我突然收到微信消息，我母亲说她中午要过来蒸鱼给我吃。我立马回复：不要过来！

但是我并没有说出人工智能机器人即将到来的事情，只是极力阻止她过来。

就这么一直等到了下午一点，距离一点半只剩下最后半小时了。我的身体还是在发抖，但是我做好了准备，做好了迎战即将到来的人工智能机器人的准备！

我将厨房里的菜刀握在手中，看着时钟一分一秒地接近一点半，我感觉到了死亡正在逼近。很快，我哭了出来，是真的哭了，那是因为我面对即将到来的死亡，不由得十分恐惧。

很快，时间来到了一点半，但是，人工智能机器人还是没有来。我又等待了几分钟，确定人工智能机器人没有来。

我松了口气。

那时候，我的大脑有了两种解释。

第一种解释是我的小弟们太厉害了，把人工智能机器人阻挡在了我的小区之外。

第二种解释是我昨晚随机选择路径的行为，真的改变了时间线，让我成功避开了人工智能机器人到来的这一时间节点。

不管怎样，我依旧对着空气感谢我的小弟们，我竖起大拇指："你们太厉害了！就是你们的努力，把人工智能机器人挡在了外面！我万分感谢你们！"

我实在是太饿了，于是在美团外卖上点了一份麻辣烫。只见我点下的一瞬间，就有一个外卖员出现在了店内。以我现在正常的思维去理解，是那个外卖员恰好就在店里，而当时我的理解是，那个外卖员是我的小弟，怕我太饿了，他利用瞬移技术，瞬间移动到了那家店里。很快，外卖员就将麻辣烫送了过来。

那份麻辣烫很不好吃，但是我知道我的小弟们都在屏幕前看着我，所以作为老大的我，必须把它吃完。于是，我把那份麻辣烫吃了个精光。

吃完之后，我实在是太困了，于是倒在床上睡下了。

晚上七点，我醒了过来。我的卧室是包含洗手间和衣帽间的，我走到洗手间洗脸台前准备刷牙，却听到门外传来了响声。

"咚——咚——咚——咚——"

是有人正在用菜刀用力剁着什么发出的声音……

第三章

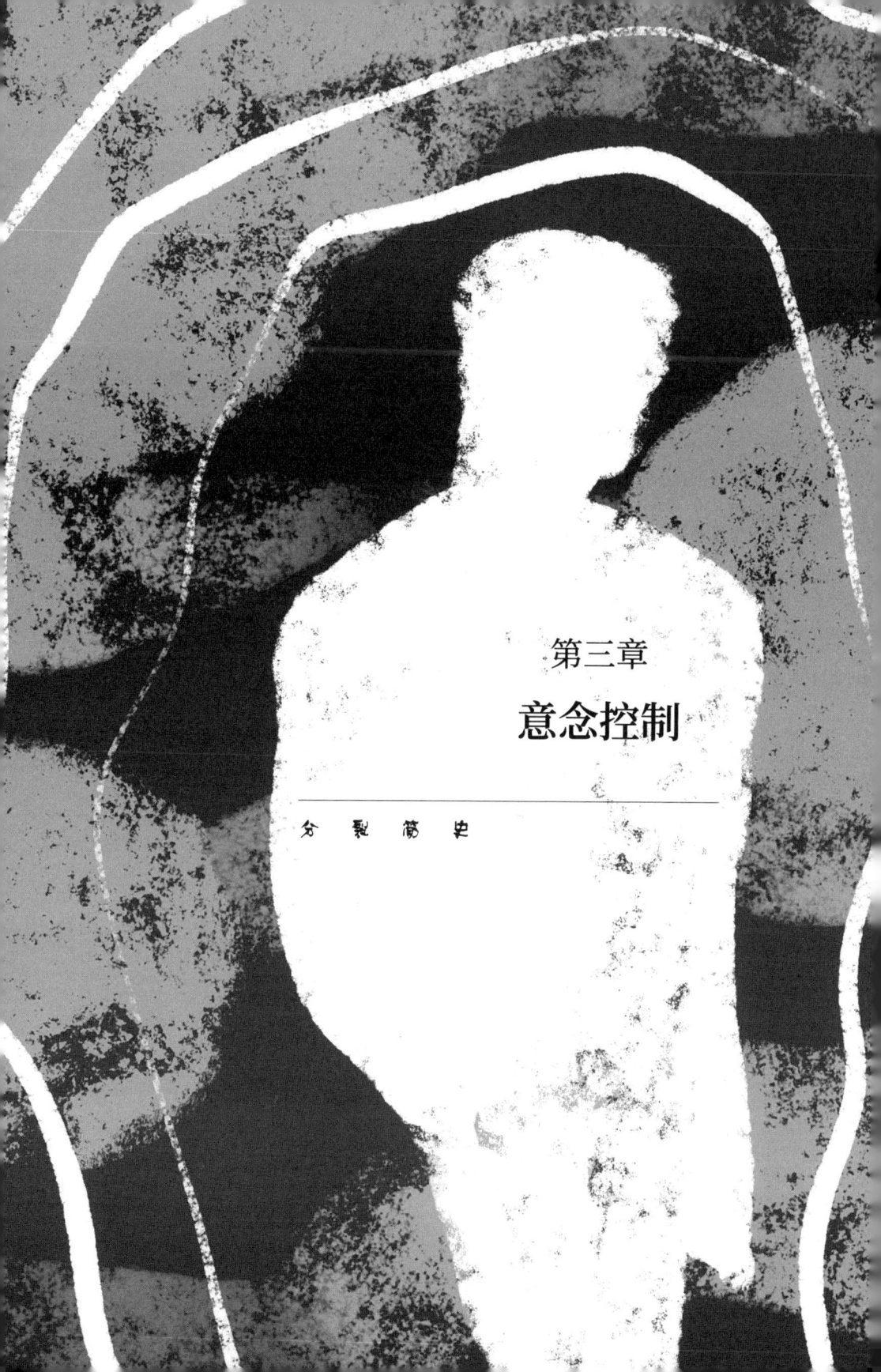

意念控制

分裂简史

有人进来了！就在厨房里！会是人工智能机器人吗？那一刻，我非常紧张，在卧室里来回踱步。但是，我知道，我的小弟们都在看着我，所以，我不能在小弟们面前丢脸，于是最终，我不管三七二十一，鼓足勇气，拉开门，冲了出去。

冲出房门后，我穿过走廊，快步来到了客厅。我家客厅和餐厅是连在一起的，而餐厅和厨房是一体的，厨房是开放式的。只见一个穿着黑色连衣裙的女人背对着我，手握菜刀，在砧板上切着什么。

她听到我出来的声音，停下切菜的动作，转过身来，冲我微微一笑："你起来啦。"

是我母亲，但是，我感觉她不是我母亲，因为她穿的这身黑色连衣裙特别奇怪。就是那种独特的质感，让我感觉那件衣服像是来自未来的。

我警惕地问:"你是怎么进来的?"

我母亲尴尬地笑了笑道:"我怎么进来的?我用钥匙开门进来的。"

那一刻我感觉她在撒谎,因为当时为了防止人工智能机器人进来,我记得自己明明将门从内部反锁了,从外面用钥匙是打不开的。就我目前的理解看来,当时应该是我记错了,也有可能是人工智能机器人没有来,我重新将门锁解开了,只是自己的随意之举被自己忽略或忘掉了。但那一刻,我坚信,眼前的这个人,不是我真正的母亲,因为她穿着来自未来的衣服,利用某种空间瞬移的技术,直接从门外瞬移到了屋内。

我又回头看了眼客厅的电视,电视的画面竟然定格在了《无间道2》上。画面中,黄秋生正抽着烟,对曾志伟说话,字幕是:杀人放火金腰带,修桥补路无尸骸。

这是我最喜欢的电影,但是我真正的母亲是不会看这种电影的。

于是我问:"电视是你打开的?"

假母亲回答:"是啊!"

我又问:"你为什么会看《无间道2》?你平常根本不会看这种电影!说,你到底是谁?!"

假母亲愣了一下,而后说:"我是你妈!"

我怀疑她是人工智能机器人假扮的,因为人工智能机器人可以假扮成任何人，甚至可以假扮成家里的冰箱、电视、洗碗机之类的电器。但是，我转念一想，如果她真的是人工智能机器人，我早就已经死了，她早已经趁我睡着的时候杀了我。

所以，我排除了她是人工智能机器人的可能。

那么，她到底会是谁呢？

这时，我的脑子里再度闪现和杨雪然的对话——

杨雪然道："你知道吗？那天，你差点把你的小弟给吓死了！"

我道："我差点把我的小弟吓死了？"

杨雪然道："是啊，那天你的小弟假扮成你妈妈，去你家给你做菜，见你没醒来，就看了会儿电视。你小弟想了解自己的老大平常最喜欢看什么，于是看了《无间道2》。你却怀疑你小弟是人工智能机器人！"

这段我通过眼前的结果虚构出来的对话在我的脑海中一闪而过。我瞬间明白了，原来眼前这位母亲，是我的小弟假扮的。而我真正的母亲去哪儿了呢？一定是在来我家的路上，被我的小弟阻拦了下来，送到了安全的地方。

我松了一口气道："没事了，你在做什么菜啊？"

假母亲道："准备给你做一道清蒸鲈鱼，这是你最爱吃的菜。"

我点了点头。

当晚，我吃完清蒸鲈鱼，主动帮假母亲洗了碗。平常我是不会洗碗的，最多也就是把碗放进洗碗机里，但是，毕竟有那么多小弟在看着我，为了不辜负他们的一片苦心，我便假装没有认出这个母亲是我的某个小弟假扮的，还叫她："妈！"

吃完晚饭，我的假母亲在沙发上坐了一会儿，她故意挑了一个特别老的剧看。我微微一笑，没有说穿，因为我的母亲不会看这么老的剧。

就我目前正常的思维来看，那就是我的真母亲，但是当时，我认为这个母亲就是假的，并且寻找到了一系列的细节去判断她是假的。精神异常的逻辑就是这样，一旦认定一件事情是假的，就会寻找证据去证明这一点，哪怕这些证据以正常的思维来看，是完全站不住脚的，是虚假的证据。

假母亲看电视看到晚上十点，她说她有些累了，便去次卧睡觉了。

而我走到了客厅的那盏吊灯下，在光线下穿梭来穿梭去，而后沐浴在了光幕之下。

我的脑子里又出现了一些奇怪的想法，我看着灯光，瞬间脑洞大开。我凝视着光，想着，光虽然没有静质量，但是有动质量，光是不可能静止的。我开始对监视器另一端的小弟们说道："或许宇宙的起源有另外一种解释，那就是，宇宙并不来自奇点的大爆炸。或许，一开始的宇宙蕴含的粒子，就像光一样，是没有静质量的。由于一开始的粒子们都是静止的，所以，宇宙没有质量，也就没有时空诞生。直到有一天，因为某个原因，这些粒子开始动了起来，并且越动越快，于是质量诞生了，便形成了如今的具备时间和空间的宇宙。"

实际上，质量的产生，和希格斯玻色子（上帝粒子）有关，而当时精神异常的我，完全沉浸在另外一种自己幻想出来的学说当中。

当时我非常兴奋，疯狂地对着空气大喊道："今晚是见证历史的时刻，我从量子物理的角度重新定义了宇宙的起源！"

随后，我坐在沙发上。突然我灵光乍现，既然这么多小弟在看着我，我是否要向他们表演一出神迹呢？

我决定表演抓光。

于是，我伸出手，伸进光幕当中，做了一个抓取光子的动作，而后将光子抓到了自己眼前，用手把玩了起来，并且说了一句："我抓到光了！"

实际上，我是无法抓光的，但这是为了表演给小弟们看，我知道，他们会相信这一点，因为只有上帝才能抓光，我就是要让他们认为，我是上帝！

那一刻，我的脑海中想象出自己的小弟们在某个房间内，对着监视器惊呼神迹的画面。

我站起身来，再度走到吊灯的白色光幕下面，像个孩子一样欢呼雀跃，仿佛那些光真的如同雨一样，洒落在了我的身上。

我享受着这美妙的时刻。

突然，一只鼠妇缓缓地爬到了我面前，我凝视着这只鼠妇，它在我面前停了下来，一动不动。我发现，当我不凝视它的时候，它便继续向前爬行起来，而当我用力凝视它的时候，它便像是突然凝固了一般，再度回到了一动不动的状态。

我惊呼："我好像能够通过意念，控制这只虫子！"

随后，我又试了一遍，果真，只要我盯住它的时候，它就停了下来。

其实，如今正常思维下的我，会清晰地认识到，那只虫子其实是被我吓到了。但是当时精神异常的我，会认为自己具备特异功能，能够用意念控制虫类生物。

随后，一只蚊子向我飞了过来。

我下意识地伸手驱逐这只蚊子，却发现，这只蚊子跟随着我的手势飞出了一条弧线。我又加入了更多的手势动作，那只蚊子则跟随着飞出了更多的弧线。随后，我在空中画了一个圈，那只蚊子也跟着飞了一个圈。

按照如今我的正常思维来理解，我会认为那是蚊子受到我手部动作产生的气流的影响,但当时精神异常的我认为,自己能够控制这只蚊子的飞行轨迹。

我甚至认为,蚊子主动朝我飞过来,是为了找我玩耍。实际上,那是因为蚊子追逐热能,我身上大量的热能和呼吸排出的二氧化碳,能够让蚊子兴奋,产生吸血的欲望。

就这样,我操控着一只蚊子,在客厅里飞来飞去,仿佛操控无人机一般。我享受着这个玩耍的过程,一直这样玩到了天亮。

我实在是玩累了,挥了挥手,蚊子就自己飞走了,消失在了空气当中。

蚊子消失后,我倒在沙发上气喘吁吁地休息了一阵子,而后又看到一只鼠妇在地上爬。看着鼠妇在白色大理石地砖的格子里爬行,我产生了新的想法。于是,我再次来到鼠妇跟前,凝视着它。它停了下来。我想,能不能像刚才控制那只蚊子一样,控制这只鼠妇的爬行轨迹呢?

我伸出手,做了一个画圈的动作,但是鼠妇依旧停在原地,一动不动。

我再度伸出手,做了一个画三角形的动作,鼠妇依旧停在原地一动不动。看来,鼠妇和蚊子不一样,并不能跟随我的手势做出相应的行为。

那么,该如何控制这只鼠妇呢?

我突发奇想，能否把意念传输给它呢？

于是，我在脑海中想象出鼠妇顺着地板的格子，走了一条对角线的画面，但是鼠妇依旧一动不动。

还是不行吗？

我再度用力去想，这只鼠妇很快动了起来，它弯弯曲曲地爬行起来，而后沿着一条直线爬行，最后真的在格子上爬了一条对角线。

我又想象着这只鼠妇走圆圈的画面，这只鼠妇一开始还不听话，过了一会儿，它真的在原地爬了一个圆圈。

在现在正常的我看来，这一切都只是巧合而已；但是，在当时的我看来，这只鼠妇真的被我的意念控制住了。

我突然想到，既然能够控制虫子，那能否隔空控制非活物呢？

这么想着，我便将一个空纸杯放在了茶几上，而后伸出右手，隔空对着它发力。可是，无论我用多么强的力道和多么大的意念凝视着这个杯子，想象着杯子倒下的画面，这个杯子还是一动不动。

我努力尝试了半个小时，杯子纹丝不动，而我精疲力竭。

我浑身冒汗，气喘吁吁，感觉自己已经向这个纸杯输出了强大的意念和力道，但是纸杯依然无法动弹。

看来，意念只能控制活物，不能控制非活物。

当时，精神异常的我，这么想着，感觉整个人都要虚脱了。

这时，我小弟扮演的母亲从次卧的房间内走了出来，来到客厅，问我道："你饿不饿啊？"

我有气无力地说："我饿啊。"

假母亲道："吃什么？"

我道："冰箱里有馄饨。"

于是，我的假母亲从冰箱里拿出馄饨，然后开始用锅烧开水，给我煮了一碗馄饨。

我来到餐桌前，狼吞虎咽地将那碗馄饨吃完了，感觉自己的体力恢复了不少，但我还是很累，如同刚刚跑完十公里一样。那一刻，我坚信，自己一定是将身体里的能量全部输出了，只是我没有找对方法，所以无法隔空将纸杯打翻。其实，以我现在的正常思维来看，那不过是我一晚上没睡着，折腾得体力不支了而已。

我坐在沙发上，深吸了一口气，这时候，我又看到一只鼠妇朝我爬了过来。当时的我，认为那只鼠妇是想要找我玩。

我对它说："你还不走啊？再不走，我可救不了你了！"

但是鼠妇依旧朝我这个方向爬过来。

我极力劝道："你快走吧，再不走，你就死翘翘了。"

我尝试控制它，但是发现自己体力不支，输出不了意念，控制不了它。

我叹了一口气道："唉，保不住你咯。"

就在这时，我的假母亲走过来，看了看地板道："哎哟，怎么有只虫子啊？"随后，她绕过我，一脚将那只虫子踩死了。

我不自觉地苦笑起来。

假母亲一脸茫然地看着我："你笑什么？"

我道："我本来想控制它逃走的。"

假母亲显然听错了，一脸惊恐道："什么，你控制我踩死了它？"

我深吸了一口气说："没有，我想救这只虫子，但是，控制不了它，我预料到你会把它踩死。"

第四章

熟馒头返生

分裂简史

我的假母亲（其实是真母亲，只是当时我精神异常，认为她是假的）说她要出去一会儿，我不知道她要出去干什么，只是点了点头，随后，她便离开了。

后来我的母亲说，她并没有离开。但是在我的记忆中，她离开了。这一点，我和她的记忆产生了分歧。

人的记忆都是模糊的，会出现差错，但是有一点，我相信自己没有看错，起码当时的我相信这一点。那就是，当时我站在客厅大阳台的落地窗前，看向下面，却发现了一件奇怪的事情。下雨了，而且是局部下雨，就在小区花园中央的那片水泥空地上，雨呈方形下落，而后雨中出现了一个打伞的红衣女人，我看不到她的脸。她打着伞，匆匆离去，消失在了我的视野中，雨便停了下来，在地面上留下了一块大约十平方米的方形的水迹。

在如今思维正常的我看来，当时我一定是出现幻觉了，也许地面上的水是被小区花坛里浇花的设备洒上去的。

但是当时，我的脑子里再度闪现和杨雪然的对话——

杨雪然问："你还记不记得有一天，你们小区下了一场很小的局部雨，然后一个红衣女人打着伞在雨里面出现了？"

我问："哪天？"

杨雪然道："哦，也对，这件事情现在还没有发生，发生在未来。"

我道："所以呢？"

杨雪然道："你知道吗？那个女人，是你老婆！她是你另外一个平行宇宙的老婆……她穿越过来的时候，她们那里正在下雨。"

我道："什么乱七八糟的？"

杨雪然道："你一共有六个老婆，在另外六个平行宇宙里，你全都结婚了。那些宇宙的你被人工智能机器人杀掉之后，你的老婆们无处可去，全都来找你了！你知道吗？你展现出神迹的那一天，有很多人从各个平行宇宙、各个时间线穿梭到你的小区附近看你。"

和杨雪然的对话一闪而过，我突然感觉到那些看不见的摄像头后面多了很多人，他们全都挤在一起，就为了看我。

我有六个老婆？我自己怎么都不知道？她们全都要来找我？那一刻，我不知道自己是该兴奋，还是该惶恐，因为这六个老婆实际上都是其他平行宇宙中的我的老婆，我见都没见过，准确点说，和我是没有太大关系的。可是，现在，我似乎成了她们唯一的老公。当时，精神异常的我这么幻想着。

但是，现在来不及想这么多了，我需要睡觉，需要休息，但我浑身是汗，于是走进浴室洗了个澡。洗澡前，我还特地对着空气说了一声："我洗澡你们就不要看了啊！"但我感觉，其他人都没有在看，但我的六个老婆全都集中起来看我。我也无所谓了，反正都是我老婆嘛！当时精神异常的我如此想着。

洗澡的时候，我的脑子里再度闪现和杨雪然的对话——

杨雪然道："你的人，后来都去了杭州。"

我问："为什么？"

杨雪然道："第一代时光机是在杭州造出来的，你管它叫原型机。"

我道："这么厉害？"

杨雪然点了点头，接着道："第二代机，是在荷兰的鹿特丹造出来的。"

我问："为什么我跑到荷兰去造第二代机？"

杨雪然道："好像是因为杭州的制造厂被举报了，说你们在造时光机，媒体舆论炒得沸沸扬扬的，大家都认为时光机是无稽之谈，于是政府把你们的工厂关闭了，你们被迫到荷兰去继续搞研发。"

我问："谁举报的？"

杨雪然道："不知道，但我猜，大概是那个人。"

我问："谁？"

杨雪然道："一个叫王德发的人。你在未来，会写一本书，名叫《分裂简史》。那个王德发看了之后，利用你发明的时光机，穿越回了二〇〇七年，他想在那一年以他的名义发表这本书，假装是他写的。于是你派小弟去抓他，但是他跑了，我想，是他举报了你们。还有，你真得感谢你妈妈！"

我问："为什么这么说？"

杨雪然道："你妈妈也去了杭州，她在杭州创业成功了，特别有钱，你在造时光机的时候，几次资金链断裂融不到资，都是你妈妈花钱让你支撑下去的！"

洗完澡，我立即对着空气喊话，实际上我是对我想象中的小弟们喊话:"根据我的超弦理论推算,我们未来会在杭州造出时光机的原型机,然后我们会被人举报,而后在荷兰的鹿特丹造出第二代时光机。"

我能够感受到,监视器屏幕前,我的小弟们都在惊呼:"老大神机妙算啊!"

其实,我所谓的超弦理论,就是不断闪现的和来自未来的杨雪然的对话,只是为了让小弟们认为我真的神机妙算,我对他们说:"超弦理论,'超'就是'超越'和'统治','弦'就是时间线,所以,我的超弦理论,便是超越和统治时间线的理论,能够以我自己为原点,测算过去和未来。这里面蕴含了一套十分精妙的算法,只有我自己会!"

我道:"另外,有个叫王德发的人想剽窃我的作品,你们一定要抓住他,很有可能就是他举报了我们!另外,我想我们之所以会被关停,那就是因为人们不相信时光机。即便我们让人们看到时间倒流,他们也会认为这是伪科学或者是我们在变魔术!所以,必须尽快将我的思想传播出去。我以前出版的书,就是我的思想,解放科技必须先解放思想。所以,我过去出版的书需要你们的帮助,让它们得到大规模传播,这样才能解放思想。所得到的版税,百分之八十用于科研,我只留百分之二十,如果有必要的话,我这百分之二十也可以分!那百分之八十的钱,你们开五个账户,交给五个人保管,不要告诉我是谁在保管,因为你们也必须时刻提防着我黑化!"

发号施令结束,我上了床,玩了会儿手机。这时,微博上弹出"测智商"的广告,我认为这是我的小弟远程控制了我的手机程序,特意发给我看的。我道:"你们就这么想知道我的智商吗?这种测智商的题目,都是小孩子才玩的,不要再发给我了!"

我刷新了一下,"测智商"的广告果然不见了。

很快,我看到一条微博,那条微博是这样写的:时间旅行就是从其他多元宇宙抽取负熵,会造成其他宇宙熵增,无序度增加,是一种非常危险的行为!

我当时想,这是我的哪个小弟故意显示给我看的吗?

我害怕其他小弟也看到这个,不跟我一起去制造时光机,于是解释道:"他这个是没有依据的啊,而且他说的这个熵增和热力学原理有关,我们这个时光机不涉及热力学原理,只和相对负速度有关。好了,不跟你们多说了,我要睡觉了。"

随后,我关闭手机屏幕,开始睡觉,但是,总感觉黑暗中有很多人在盯着我看,我翻来覆去,怎么也睡不着。

我又对空气说了一句:"大家都散了吧,你们看着我,我睡不着。"

不一会儿,我的确感觉大家都很听话地散去了,于是沉沉地睡着了。

我醒来的时候，已经是傍晚了，我洗漱完毕后，走出房门，我的假母亲正在客厅里看电视，看的依旧是那部我的真母亲不会看的老剧。

假母亲问我："饿了吗？"

我说："还好，刚起床。"

假母亲道："我开始做饭吧。"

我道："好。"

我的假母亲开始做饭，我则在屋子里走来走去，这是我思考问题时常用的方式。我在思考什么问题呢？现在回想起来，大概都和制造时光机有关。

很快，假母亲把菜做好了，除了菜，她还用家里的蒸箱蒸了小馒头。小馒头一共有八个，被她摆成了一个规则的环状，其中有七个馒头是黄色的，一个馒头是紫色的。我的母亲蒸馒头，不会刻意把馒头摆成这样的形状，那一刻，我仿佛受到了什么启迪，我感觉这是我的小弟扮演的假母亲在试图启发我。

那么，她到底想启发我什么呢？

很快，我想明白了，她希望我能够将熟馒头返生！

没错，那天上午，我刚刚发现自己具备意念控制的能力，所以，我的小弟们一定是希望我能够通过这种能力，让熟馒头返生，这样我就能够向世人展现神迹，就可以让更多的人加入我们，和我们一同制造时光机！

其实那时候，我非常清楚，以自己的能力并不能让熟馒头返生，但是，我知道那天有很多人在看我。我正通过那些隐形的摄像头，在向我的小弟们直播。这天晚上，是必然展现神迹的夜晚。

于是，我伸出手，隔空对着那些馒头，试图让熟馒头返生。可是，无论我怎么用力，熟馒头依然是熟馒头，无法变成生馒头。

我开始以那些馒头为圆心，绕着餐桌转圈。一圈，两圈，三圈……顺时针转圈……逆时针转圈……可是依旧没能改变馒头的性状。

现在回想起来，当时的我太过投入角色了，以至于整个人已经陷入了彻底疯魔的状态。

我继续转圈，脑子里反复地想象着熟馒头返生的画面，我希望馒头能够接收到我的意念，而后完成返生的行为。但是很快，我意识到了一点，馒头不是活物，怎么可能接收到我的意念呢？

隔空传输意念看来是不起作用的，我需要握住其中一个馒头，尝试着让它返生。我抓起那个紫色的馒头，握在手里，开始拼命用力，直到自己满头大汗为止。就这么折腾了好几个小时，我觉得，是不是需要借助光的力量。于是，我手握紫色馒头，走到了客厅的吊灯下，沐浴在光幕之中，开始疯狂地用力。又这么坚持了一个小

第四章　熟馒头返生

时，我整个人都虚脱了。

我想，会不会是馒头已经返生了，但是不够明显呢？于是，我将馒头咬了一口，试图让馒头被咬的部分变成完好的。

但是，又坚持了半个小时，还是失败了。

这时，我的脑海里再度闪回和杨雪然的对话——

杨雪然道："你知道吗？你那天晚上，真的让熟馒头返生了！"

我道："啊？熟馒头怎么可能返生？"

杨雪然道："是真的，你用你的特异功能，让熟馒头返生，成了生馒头！就在早上六点的时候。"

对话一闪而过。

我看了看时钟，时间是凌晨三点，需要一直等到早上六点才能够见证奇迹发生。我坐在餐桌前，气喘吁吁地对着空气道："必须等到六点，我们六点钟见证奇迹。"

我开始装模作样地在餐桌的吊灯下表演抓光，我做了一个把光抓走扔掉的动作。这时候，我的假母亲走了出来，摁了摁吊灯的开关。我家餐厅和客厅的吊灯都是三色可变光的，只需要摁下开关，就可以切换光的颜色。当灯光被切换到黄色光的时候，我发现餐厅三盏吊灯其中的一盏黄色灯熄灭了。

我知道那是灯泡发生了故障,但那一刻,为了表演给隐形摄像头后面的小弟们及世人看,我惊呼起来:"我把光抓走了!我把光抓走了!"

假母亲回了房间。我坐在餐桌上,继续凝视着盘子里的馒头。

这时,和杨雪然的对话再度出现——

杨雪然道:"你以前是不是有个同事,叫周俊开(化名)?"

我道:"是啊,怎么了?"

杨雪然道:"他是不是得胃癌死了?"

我道:"是啊,怎么了?"

杨雪然道:"是你的小弟杀了他。"

我道:"什么?"

杨雪然道:"你在未来,发明了两种医学,一种叫相对论医学,另一种叫量子医学。你的小弟,就是用量子医学,激发了周俊开身体里的癌细胞,导致他胃癌发作,而后死亡了。"

我道:"怎么会这样?"

杨雪然道:"因为周俊开其实也是你的小弟,他是穿越回去保护你的,但是,他在背后说你的坏话,于是你别的小弟忍无可忍,就用量子医学激发了他身体里的癌细胞。你还记不记得有次周俊开说他腰疼,经常去按摩?那个按摩师就是你的小弟,

第四章 熟馒头返生

那个时候，你的小弟就用量子医学激发周俊开的癌细胞了。"

对话一闪而过后，我哭了出来，对着空气说："我在未来发明了量子医学对吗？量子医学能够救人，也可以杀人对吗？它能够激发人身体里的癌细胞！有人利用这个技术杀了我的同事周俊开！把他找出来！"

我哭得更加厉害，接着说："我知道，我知道周俊开背后说我坏话，那个小弟是为我好，但是，量子医学是用来治病救人的，不是用来害人的！但凡谁敢用量子医学害人，都应该为此付出代价！"

我哭得难以自持，转身冲进了自己的卧室。这里是我的秘密空间，我认为只有我最信任的几个小弟看得见。

我走到洗脸台前，用水快速冲洗了脸上的眼泪，而后悄声说："这里，外面的人都看不到吧？好，我跟你们说，找到那个小弟，教训一下就可以了，不要伤他的性命。他也是为我好！刚才，我都是表演给世人看的，我需要在他们面前塑造一个大爱的形象。在你们面前，我还是跟你们最亲！"

我能够想象出，监视器前，我的小弟们纷纷高呼："老大万岁！"

我接着道："另外，以我现在的能力，真的没办法让熟馒头返生。你们快利用你们的技术，也就是我在未来发明的相对论医学完成这件事。相对论医学能够让馒头的时间逆转回去对吗？实现分子结构的逆转。你们悄悄地用这种技术，逆转馒头的时间。世人会认为是我用特异功能完成了这一点！快！马上就早上六点了，时间来不及了！"

第五章
三位一体与西西弗斯

分裂简史

早上六点一到，我准时冲进餐厅，拿起馒头，却发现馒头依旧没有任何变化。这时候，假母亲走了出来，冲我哈哈大笑，对我说："这种馒头，都是加工好的，蒸前蒸后一个样。"

我当时便道："原来如此，原来返生早就发生了，只是这个馒头蒸前蒸后样子差不多，我没有辨认出来！早知道，就用鸡蛋来做实验了！"

假母亲对我道："儿子，走出来吧，熟馒头是不能返生的！"

就目前正常思维下的我看来，熟馒头返生就是无稽之谈，但是在当时精神异常的我看来，熟馒头的确返生了。

于是，我对着空气当中自己想象出来的摄像头大喊道："你们监测到了吧？馒头发生了分子结构的逆转！你们监测到了吧？哈哈哈哈哈！你们监测到了，你们监测到了，熟馒头的确返生了！"

实际上，就目前回忆起来，那馒头依旧是熟的，根本就不存在熟馒头返生的现象，那都是我强行幻想出来的。

当时我打开朋友圈，看到朋友们发的动态，每一条都像是在祝贺我成功。然而实际上，那些朋友圈动态跟我半点关系都没有。比如有的朋友发朋友圈动态：真是太厉害了！我会认为是在说我很厉害，实际上那个朋友是在说别的什么很厉害，但是我强行理解成和自己有关。

那天早上，阳光很充沛，我感觉整个世界焕然一新。我走到阳台的落地窗前，看着下面人来人往，我想，这些人全都是来祝贺我的。

之后，我的记忆有些模糊，根据我母亲回忆，她说我当时两天两夜没睡觉，又说我中途进房间睡了觉，但是没睡两个小时就醒来了，不知道我睡没睡着。

现在，依照我正常的思维去理解，这是躁狂发作的结果。处在躁狂状态下的人，都会感到精力充沛，出现长时间不休息不睡眠的状况。

而当时，我的理解是，我的小弟为了让我有更多的时间醒着做科研，调整了我身体的相对时间。

这个，便涉及我的"三位一体"理论。

由于某些原因，宗教方面的关于"圣父、圣子、圣灵"的三位一体，在此不予讨论。

在弗洛伊德的心理学理论中，同样有一个类似于"三位一体"的心理学理论，这个理论在他的心理学和精神病学体系中显得尤为重要，那便是"本我、自我、超我"。

本我，即潜意识当中的"我"，那个"我"是最基本的、最原始的"我"，人类最基本的欲望在本我当中得以体现。

自我，便是现实世界当中的"我"，就是对外的那个"我"，这个"我"处理一切现实当中的事务。

超我，便是道德和法律层面的"我"，这个"我"更多地反映了一个人精神层面的需求。

"超我"抑制"本我"，将"本我"当中充满原始兽性的一面彻底压制住，反馈于"自我"，于是就有了"自我"在现实当中的一系列合乎道德与法律的行为。

弗洛伊德认为，一个人人格的完整性，主要在于这个人"本我、自我、超我"的彻底完善，其中"超我"尤为重要。我认为，犯罪心理学中所涉及的"反社会人格""犯罪型人格"除了先天遗传因素的驱使，多数应该是由"超我"的缺失或扭曲导致的。这类人，没有了"超我"，"自我"便彻底受"本我"控制，人类的原始兽性便在这类人身上如病毒般肆无忌惮地蔓延开来。

而康德的三位一体，便是"感性""知性""理性"的统一，这属于认识论。康德的这三性和现代汉语当中的三性不同。康德的感性，指的是人所具备的感知能力，通过五感来感知和收集外界纷繁复杂的材料，是一种感性直观；而知性便是一种概念综合，负责将感性直观所搜集来的复杂材料进行加工整理，形成知识；最后的理性便是一种范畴推理，负责以逻辑的形式，将知性所加工出来的知识联系起来，形成知识体系。这就好比一座加工厂，感性就是加工厂的采购员，负责采购各种材料；知性就是流水线上的加工员，负责将这些材料拼装加工成各种零件；理性就是最终的整合员，负责将这些零件组装起来，形成最终的产品。而康德认为，人认识这个世界，必须依赖时间与空间，也就是物理上的时空。

提到时空观，就必须提到牛顿和爱因斯坦。

牛顿的时空观，是绝对时空观。

爱因斯坦推翻了牛顿绝对时空观的概念，提出了相对时空观。

而爱因斯坦的时空观，是四维时空观，即在由线、面、体构成的三维立体几何结构中，加入一维时间，或表述为三维空间加时间，构成四维时空概念。四维时空是物理概念（在物理中很多时候也直接称呼为"四维空间"），和数学几何概念中的四维空间有本质区别。四维时空的第四维度是"时间"；而四维空间的数学概念的第四维度是几何层面的维度升级，由于其只具备数学概念，不具备物理概念，在此不加赘述。

在这里，我首先并不想过快引入"时空坐标系"（后面会提到），而仅从爱因斯坦的时空观来阐述接下来所要提到的问题。

在爱因斯坦之前，或者在我所理解的爱因斯坦之前，人类对于时间的理解，简单到就是日月星辰及一切客观事物在空间内的延续性的变化，甚至认为时间就是钟表上的数字。而爱因斯坦从康德的哲学切入，对时空进行了思考，于是开始设想时间并非绝对空间当中的物质变化的客观体现，而是某种切实存在的东西。

这种切实存在的东西，与空间相结合，密不可分，但它确切地影响着什么，我所理解的那个爱因斯坦似乎并没有给出过多解释。

我开始思考另外一个层面的事情，那便是物质作为客观存在的物体（之后简称"客体"，我的客体和其他哲学中的客体有所差异，单指一切客观存在的物体，包括我们人本身都属于客体）代入时空之后，空间容纳了客体，那么时间对客体有什么影响呢？

我首先想到的便是人。

人，就是我们，我们每一个人。

时间对我们每一个人的影响是怎样的呢？在此，我不得不引用一段我过去的作品《梦游症调查报告2》中的一段对话：

> 孙先生道："我们重新来理解这个问题。在宇宙诞生之前，时间是不存在的。也就是说，时间，是在奇点大爆炸，宇宙开

始几何膨胀的时候，随着空间的膨胀而出现的。空间越小，时间的流速越快。但是，宇宙越来越大了，一直在膨胀，于是时间的流速越来越慢，你可以理解为，时间被宇宙的膨胀逐渐稀释了。宇宙会一直膨胀，时间会越来越慢，到最后，时间会无限地接近于停滞。"

我问："如果时间停了呢？"

孙先生道："那也就意味着，时间死了，时间不存在了。"

我问："那会怎样？"

孙先生道："你觉得呢？"

我道："我们会死吗？或者说，我们全都跟随时间的停滞而定住了，一动也不能动？"

孙先生摇了摇头道："我们永生了。"

我欣喜道："永生？"

孙先生道："时间没有了，但是空间依旧存在，我们的宇宙，变成了没有时间的纯空间。我们之所以会死亡，是因为我们的细胞在不断地更迭，不断地衰老，最后，我们就死了。细胞的衰老，是随着时间而更迭的。时间不存在了，细胞也就不会衰老了，我们也就不会自然死亡。"

我哈哈一笑道："那可真是太好了，那不就是一种接近于神的状态吗？"

孙先生叹了口气道："别高兴得太早，其实，那是真正的世界末日，宇宙的末日。"

我道："我们不都永生了吗？怎么还末日了啊？"

孙先生道："我只是说，那种情况下，我们不会自然死亡，但是，非自然死亡依旧是存在的。比如你出门被车撞了，你依旧会死。"

我道："平常出门注意一点不就行了吗？"

孙先生道："你太傻了。人类会逐渐因此灭亡的。"

我没懂："啊？为什么？"

孙先生道："时间的消失，的确让我们永远不会老去，但是，在时间消失前，已经出生的婴儿和小孩儿，永远也无法长大。时间消失之后，母体的胚胎永远也无法发育，人类及其他一切的生命都将因此失去繁殖能力。生命将会在一系列的非自然死亡下，越来越少，直到最后灭绝。这难道不是一种末日吗？"

这段对话，是我当时对宇宙末日的假说，其中便提到了时间停止，所有的人都进入了某种近乎永生的状态。

我不知道生命科学是如何解释万物的老化，以及一切生命体的生老病死的。在我看来，某种程度上，这是由于时间作用于生命体或者物质。时间在客体上运转、流逝，而后导致客体完成了整个生老病死的过程。

由此，我可以设想出这样的科技，这种科技未来有一天会应用在医学上。假设一个人的肝出了问题，得了肝硬化，不治之症，那么，是否能用逆转时间的方式，将病患的肝脏逆转回健康的时期呢？我相信是有这种可能性的。这种医学，在未来，或许被叫作"相对论医学"。

所以，在很早之前，起码是在我创作《梦游症调查报告2》的时候，我就已经对时间作用于客体有了详细的阐述。

那么，或许我所理解的三位一体理论便出现了，那就是"时间、空间、客体"的三位一体。

由此看来，时间、空间和客体，彼此之间变得密不可分。

所以，在我的理解当中，是我的小弟们调快了我身体的相对速度，让我以四倍速睡了两个小时的觉，等同于正常时间下的八个小时的睡眠。

这一点如何理解呢？

就比如我在操场上跑步，原本跑一圈需要八分钟，我的小弟把我的相对速度调整到四倍速，于是我两分钟就跑完了八分钟的路程。

这就等同于我两个小时睡完了八个小时总长度的觉。

正是在这种逻辑的驱使下，我对我的身体毫不担心。其实，就目前正常的思维去理解，当时我的状态是非常危险的，如果持续下去，我的心脏便会支撑不住，我会猝死的。可能我当时已经走在了猝死的边缘，只是自己没有意识到而已。

那天白天，我还写了一本哲学向的意识流小说，名叫《西西弗斯》（友情提示，如果觉得太过无趣，可以跳过"书中书"的阅读）——

本书以意识流的手法，讲述一个人在出车祸前后，直到最终死亡的长达一个小时的所见所闻，以及哲学思考和一系列对人生、世界与价值的看法。

第一分钟：

光是由什么构成的？它是一种波，又是一种粒子，所以光是波粒二象性的，后来我们发现，一切物质似乎都具备波粒二象性，这是现代物理学对光和其他一切物质的解释。基本粒子（构成物质的基本单元夸克属于强相互作用的基本粒子之一）构成了万物，而我们的肉眼看到万物，首先得看到光，可是，那只是光的粉饰，光作为万物之一，它为人类粉饰这个世界的样貌，而我们感知到光的颜色，又是由我们的视觉神经传递到大脑，最后由大脑这团肉来决定的。没有了光，万物本来的面目是何样的？光本来的面目又是何样的？

万物本来的面目，便是康德所言的"物自体"，也被翻译为"物自身"或"自在之物"。康德认为，以人类的认知能力，人类永远无法真正探究到物自体本身，只能了解其表象。

说来可笑，我们的一切思考，都是一团肉的运作。唯物主义认为，万物都是物质，包括人和其他一切生命体。弗洛伊德区分了本我、自我和超我。本我是潜意识里的我，自我是现实世界中的我，超我是道德层面的我。但自我或许本就是肉体运作所产生的副产品，就像汽车运作时所释放的尾气一样，毫无作用。一切的自我都是假象，我们的意识，不过是肉体这个物质对周遭客观事物所产生的主观反馈，我们将这种反馈的集合当成了自我和灵魂。

没错，自我是一个集合的结果，是由一系列数据构成的。而本我，只是肉体这个物质最基本的运行逻辑。相信因果关系的作用吗？是自我的意识决定了肉体的行为，还是肉体的行为决定了自我的意识？简单的因果关系如同我喝多了所以要去上厕所这么简单。你为什么要喝水？是因为你口渴。因为你口渴，所以你要喝水，于是你觉得这是你的自我意识决定的。但实际上，你的自我意识只是被迫完成了身体这个物质的指令。是因为你的身体让你感知到它缺水了，于是，你被这种你所能理解的感觉指令操控，便去喝水了，并且你知道，如果你长期不喝水，你就会缺水而死；进食也是如此，你以为是你自己主动选择了进食，实际上是因为你饿了。是你的自我意识饿了吗？不，是你的身体告诉你,你饿了,于是你要去进食,并且你知道,你不进食,你的身体就无法正常运转,肉体会死去,物质会陨灭。有人会说,不对吧,很多时候,进食并不是因为饿了,而是因为嘴馋,所以人并不一定总为了解决生存问题而去进食。没错,但你为什么会嘴馋?你为什么会记住某种食物的美味?这些依旧是你的身体向你发出的指令信号,依旧是一种数据的表达,而你会对某种美味食物上瘾,只不过是你身体里奖赏神经的作用。你的一切思考都是大脑神经元在放电,你的存在是生物电信号的映射。那么,我们是否还应该相信自由意志呢?

想到这里,我感觉黑暗中,那光离我又近了一步。

我为什么会在这里?为什么会在这条宽阔的马路上展开如此多的思考,发出如此多的毫无意义的无病呻吟?

我喝酒了,这一切都是酒精的作用吗?此时此刻,到底有多少酒精在我的血管里流淌呢?我不知道,或许只有酒精检测仪能够知道。

我为什么要喝这么多酒呢?关于这个问题,我首先得抛开之前那些絮絮叨叨的唯物主义思考。此刻,我假设自我的存在性,回到弗洛伊德理论的自我去处理和看待现实世界当中的事情。在现实世界里,喝酒的原因多种多样:感情受到伤害,生意场上的应酬,中了五百万大奖,或者,只是单纯地想喝酒,爱喝酒。我喝酒，大概只是为了放松，单一麦芽威士忌，我的最爱。抛开唯物观，展开灵与肉的二元理论思考，我甚至认为，喝酒能够在某种程度上完成灵魂暂时摆脱肉体桎梏的超脱。中世纪欧洲的某些宗教，甚至一度流行男女双修，因为他们认为，男女同时高潮的一刹那，是最接近上帝的时刻。你看，人都是感觉流的动物，无论哪种形式的喝酒，都是一种感觉流的体现。人的感觉，在某种状态下，可以从自己的大脑一直流淌到身外，那时候仿佛能够看到音乐的波浪，人来人往的空间里，仿佛能够看到时间在穿插。一切都变得缓慢，缓慢到了极致，于是人们能看到那些原本没有实体的抽象性的事物逐渐变得具象起来，仿佛触手可及，而原本具象的事物，例如手里的酒杯、面前的桌子、脚下的地板，也全都变得抽象和混乱。这种虚无与现实的交叉感，便是一种极致的感觉流。

　　想到这里，那光更近了。

　　一团红色的幻影突然到来，两个物质实体在一瞬间发生了碰撞。我的双脚离开了地面，整个世界都在曼妙地旋转着，灯光化作曲线如同乐曲的节奏一般跳跃。狂风的交织中，我似乎听到了一支乐队在表演摇滚乐，观众们狂乱地欢呼着。最后，鼓手敲响了铜锣，象征着乐曲的终结。

　　我离开了天空，回归地面，而那红色的幻影已经消失在了远方的烟雾中。我被观众们包围着,他们在尖叫,而我如同一个伟大的音乐天才,被他们热烈的情绪簇拥,感觉流在此刻达到了极致。

第二分钟:

蘑菇云的升起,是否意味着原子弹的爆炸?战争能够解决一切问题吗?杀戮似乎一直是人类文明的主题。提到杀戮,我便想到一个问题,如果杀掉一个人,能够救一百个人,那么这个人你是杀还是不杀?

如果从人人生而平等的理论来讲,这一个人的生命和那一百个人的生命都是平等的,那么,我就不应该为了拯救那一百个人而杀掉这一个人。但如果不杀这个人,我就等同于漠视了那一百条本应该存活的生命。我又想到,如果众生皆平等,那么,人和一切动植物都是平等的。那我们吃掉动植物,算不算是在扼杀生命呢?但如果我们不吃掉这些生命,我们也将无法生存。如果回到唯物主义,我甚至可以说,万物皆平等,我们和地上的石头并没有什么区别。也就是说,我连石头都应该尊重。

此刻,我正躺在石头上,原子弹已经在我的身体里爆炸了,我感觉整个人被扔进了牛油火锅里,被红油灼烫着。

我终于开始思考有关死亡的问题。人死后究竟是一种怎样的状态？虚无吗？可是，这个世界上不存在真正的无。我们是物质，在一个孤立而封闭的系统中，物质不会凭空出现也不会凭空消失，只会完成由一种形式到另一种形式的转化。物质不灭，所以我也是不灭的。等等，但我的意识就不存在了啊。哦，之前思考过，自我意识只是一个假象，那么既然是假象，死亡也就不可怕了。呵呵，我还是无法就此说服自己平和地面对死亡，就像没有人应该温和地走进那个良夜。此时此刻，我迫切地想要认定，自我是真实存在的，灵魂也是真实存在的。那么，这就解决了虚无的问题。因为肉体的死亡，只是物质向另一种形式转化的过程，但是灵魂是非物质实体，它只是寄居在肉体这个物质当中。物质的改变，不会影响灵魂的存亡。那一刻，灵魂脱离肉体，进入另一个境界。人类曾无数次幻想过天堂和地狱，那便是希望中的灵魂的去处。但丁曾经在他的《神曲》当中描述过地狱、炼狱和天堂的图景，有趣的是，地狱在但丁的笔下，是无时间的。当一个空间不存在时间，那么一切都看不到尽头，生存在地狱中的人，只能循环往复永无止境地重复干着一些无意义的工作，就如同西西弗斯必须将巨石推上山顶一样，巨石会在被推上去的一刹那，滚回山脚，于是西西弗斯只能这么无限地重复推着巨石上山的过程。

如果真有灵魂，我死后会去哪儿呢？我可不愿意去但丁描述的那个无时间的地狱当中。突然，我仿佛得到了启迪。原来我们这个世界不正是无意义的吗？人一生多数时候，每天都在重复着相同的事情，这不正如西西弗斯和巨石的关系吗？时间在我们这里真的存在吗？或许我们只是将空间中物质的变化当成了时间的流逝，于是用数字来描述时间存在的假象。但，爱因斯坦认为时间是存在的，于是他在三维空间中加入了一维时间，构成了四维时空理论。而几组原子钟实验也似乎证明了爱因斯坦狭义相对论中时间膨胀效应的存在，那么，时间似乎也就真的是切实存在的了。

但时间存在与否，还重要吗？重要的是，如果世界依旧是那么绝望，那么，灵魂真的不存在，我在生命结束后，如何理解虚无呢？这个问题，我是无论如何都无法思考明白的。我不存在了，是怎样的？但反过来理解，在出生之前，我也不存在，那我又应该如何理解出生之前的那种无呢？等等，似乎又混乱了，若是按照物质不灭理论，我从一开始就存在，宇宙大爆炸之初，奇点就准备好了今天宇宙全部的物质和能量，物质和能量的总量并没有增多和减少，只是形式上在不断地变化而已，若是这么想，我和宇宙是同岁的，我和宇宙是一个有机的整体。

但不管怎样，再过不久，我将会体验到死后的状态。

一个看上去二十来岁的女人蹲在我面前，打断了我的思绪，她似乎是在对我说着什么，但我有些听不清楚。我猜测她应该是在对我说："坚持住，我已经叫救护车了。"

但救护车需要多久到来呢？十分钟，十五分钟，二十分钟，甚至半个小时？我还能坚持那么久吗？

即便救护车来了，医生能够救活我吗？这是一个现实问题。但对于现实的思考总是转瞬即逝的，这个世界永远也不存在永恒，只有此刻是永恒的，但当我思考此刻的永恒时，此刻已经过去了。

第三分钟：

我应该认命吗？这是一个宿命论和决定论的话题。似乎每一个人在遇到倒霉的事情时，总会想到"认命"二字。生死有命，富贵在天，听天由命，这些都是多么古老的话语，但一直被今天的人所广泛使用。

所谓宿命论，便是我们的一切都是注定好的，我们所有的人生都有一套既定的剧本，我们的一切行为都按照这套剧本在走，所以一切都是宿命，不可违抗的宿命。

所谓决定论，便是一切虽然是决定好的，但是，我们能够参与到事件的过程中来，在这个过程中，我们是相对自由的，但是，我们的这种参与也是被决定的。

为什么会如此呢？这又得回到因果律上。你相信因果关系吗？决定论认为，这世界一切的结果，都能找到原因。有因就有果，果是由因决定的。那么，我们今天一切的行为和结果，实际上都有一个总体的因，这个因，说短一点，是从你出生那一刻决定的，说长一点，从宇宙诞生之初就决定了。

什么意思呢？

从你出现那一刻起，你出生的这个事件，就是你整个人生进程总体的因，有这个因，会导致后面的一系列的因果关系，这些因果关系不断地产生连锁反应，导致了最终的果。于是，你的每一个行为，实际上都能追溯到最初的这个因。因为你出生了，所以经历了无数的连锁反应，你今天早上喝了一杯牛奶。因为我出生了，所以经历了无数的连锁反应，我今天晚上被车撞了。这一切都已经被总体的那个因决定好了。而这个宇宙所有一切的果，都来自最初的那个因，那便是宇宙大爆炸。因为宇宙大爆炸，所以有了今天的一切事件。因此，从宇宙大爆炸开始，一切都是被决定好的。你的死亡也是被决定好的，你无法避免这个已经有了因的结果。

这就如同蝴蝶效应，南美洲热带雨林的一只蝴蝶扇动翅膀，引起了一周后美国西海岸的一场飓风。在这个进程当中，蝴蝶扇动翅膀是总体的因，而这个因产生了无数的因果关系串联的连锁反应，引发了飓风这个果。就如同多年前一只蝙蝠的诞生，导致了武汉被封城。乍一看，这二者之间毫无联系，而实际上内在的因果关系可能是这样的：我们今天的每一个举动，都可能在影响着世界的变局，甚至我无意中的一个举动，可能拯救了世界，也可能会在多年以后毁灭这个世界，哪怕是你早上多吃了一颗鸡蛋，或者无意中多踩死了一只蚂蚁。因为你无法得知，你每一个微小的举动，会造成怎样的连锁反应。或者就因为你在早餐店多吃了一颗鸡蛋，就刚好遇见了一个小偷，于是你制止了他的行为。但如果那天你没有多吃那颗鸡蛋，提前离开，也就不会遇到那个小偷，就不会制止他的行为。小偷在盗窃过程中，被老板发现，老板是一个孱弱的老妇人，在搏斗中处于下风，小偷情急之下，将老妇人杀死了。老妇人的孙子目睹了这一幕，内心留下了阴影，于是这种阴影开始畸变，让他出现了反社会人格。十年后，他成了一个连环杀人犯。而他杀人的事迹被传播到了美国，一个美国少年开始模仿他的行为，最后甚至加入了恐怖组织，并且绑架了核物理学家，成功研发出了核武器，最后，这个组织引爆了核武器，开始了毁灭世界的计划。你看，你多吃这颗鸡蛋多么重要，你因此拯救了全世界。而你多踩死一只蚂蚁，很有可能就导致一整个生态链的崩

第五章　三位一体与西西弗斯

溃，在多年后毁灭这个世界。这个世界是一个有机的整体，每一个行为都有可能导致牵一发而动全身的局面。

但是，我们的每一个举动，都在宇宙大爆炸之初被决定了。这就是你参与了进程，却什么也无法改变，因为最初的因，决定了后面一系列的果。是不是有种天命难违的感觉？其实人类如果能够掌握宇宙间全部的信息，就能捕捉到每一个进程的因，再由这些因分析出一系列的连锁反应，判断出未来要出现的结果，达到预知未来的目的。但这不是更加令人绝望吗？这样你就知道自己什么时候死了，却什么也做不了，因为就连你预知未来这件事，都是被决定好的。

我整整写了一天，写到了这本书所要描写的一个小时（即六十分钟）的第三分钟，便写不下去了，这本书也就停在了这里。

第六章
时间眼花效应

分 裂 简 史

请听我讲述一段回忆，这段回忆至关重要，也是十分离奇的。

大约在二〇二〇年九月，武汉疫情解除封城五个月后，整个城市虽然还未走出疫情的阴霾，但是经济已经逐渐复苏了。

那天凌晨，我要送我当时的女朋友杨雪然回重庆。她已经买好了凌晨四点从汉口站出发的火车票。

她拖着行李箱，我们戴好口罩，出了门，一块打车去汉口万松园雪松路的万小七大排档吃夜宵，准备吃完夜宵直接送她去汉口火车站。

我们上车的时候，司机见我们带了行李箱说："你们现在拖着行李箱去万松园要小心啊！"

杨雪然不解地问："怎么了？为什么要小心？那边治安不好吗？"

司机开着车道："不是，万松园那边，最近有些排外，那里是老汉口人的根据地，看到你们拖行李箱的，会认为你们是外码子（武汉对外地人的称呼），会把你们赶出来。除非有本地人带路。"

我道："我是本地人。"

司机道："那就没事了。"

随后，车子一路来到了万松园雪松路，这是一条小路，两侧全都是美食店，是武汉市非常著名的夜市一条街。

我们下了车，走进了万小七大排档。

老板娘一见到我们拖行李箱就很慌张，但是没赶我们走，而是把我们往最角落的座位请，怕让什么人看见。

我和杨雪然落座，老板娘便走了过来，问："你们俩是哪里人啊？"

我道："我是武汉的，她是重庆的。"

老板娘道："你是武汉哪里的？"

我道："怎么了？来这里吃饭还要查户口？"

老板娘道："不是，你一口的普通话，我怀疑你是武昌的。你要是武昌的，今天就不能在这里吃饭。"

我道："哦，我是汉阳的。"

老板娘道："那你说句汉阳话给我听一下？"

这里必须说明一下武汉的格局，"武汉三镇"即武昌、汉口、汉阳，这三个地方的方言是有区别的。汉口人认为汉口话才是正宗的武汉话，汉阳话算武汉乡里话，而武昌话是鄂州话，不属于武汉话，是"外码子话"。

在过去，汉口的GDP（国内生产总值）一直是武汉的龙头老大，但是最近两年，被武昌超越，这引起了很多老资格的汉口人的不满。有时候在汉口叫的士，遇到汉口的司机，只要听到乘客说的是武昌话，他们就会拒载，并说："你们武昌不是什么都有吗？跑到汉口来干什么？把马路都堵死了！"

而你说你是汉阳人就没事，因为汉阳的GDP弱于汉口，汉口一直拿汉阳当自己的小弟对待。

可是，我小时候并不是在汉阳长大的，根本不会说汉阳话，我是后来才搬到汉阳的，我最擅长说的就是鄂州话这种汉口人眼里的外码子话。

我用普通话回复："汉阳话，我不会说。"

老板娘道："你是汉阳人，你不会说汉阳话？"

我为难，骗她道："我从小就不说方言，我都说普通话。"

老板娘道："那把你身份证给我看下。"

我道："这吃个饭还要查身份证啊你们这里？"

老板娘道："不是我要看，是他要看！"

她说着，扭头瞥了瞥店中央的那张桌子，只见一个染着黄头发的小混混正在和一个貌似他女朋友的女子吃饭。

我道："什么情况啊？你们不做外码子生意？非要证明自己是汉

阳的或者汉口的才行？"

老板娘冲我做了个为难的表情，低声对我耳语道："哪有你这么说的，我们做生意的，开门迎客，哪里的生意不想做呢？主要是今年，黄陂那边拆迁，搬来了一些混混，每天游手好闲，就在我们这里巡逻，见到说普通话的，就要逼着他说武汉话（专指汉口话），不说就闹事。"

我道："我们来吃饭，又不闹事。"

老板娘摆了摆手说："不是说你们闹事，你们来吃饭的，都是讲究人，我是说那些混混闹事。因为这个，他们在这里打了好几回架了，把客人的桌子都给掀了！"

我道："这样，老板娘，我身份证确实没带。我这里有打车的记录，你给那个兄弟看一下，记录可以证明我是从汉阳过来的。"

老板娘说："好好好！"

随后，我把打车记录调出来，老板娘拿着我的手机去了那个混混那里，和混混交涉。

过了一会儿，老板娘回来了，把手机还给我说："好了，没事了。但我还是想问一句，你到底是哪里的啊？汉阳的不可能不会说汉阳话。"

我骗她道："我就是这里的，汉口的，小时候住在这里。搬走很长时间了，就不怎么说这里的话了。"

这时，杨雪然大喊一声："你不是说你小时候是鄂州的吗？"

那混混一听"鄂州"二字，也大喊一声："老板娘，你过来一下。"

老板娘白了杨雪然一眼道："你是真不怕出事啊，本来都没事了！"

随后，老板娘去了混混那里，然后又返回来，对我道："你这个人，还是来历不明。你说你小时候住在汉口，你打车记录来自汉阳，你女朋友说你是鄂州的。你这个人，到底是哪里的啊？"

我道："是这样的老板娘，我确实是你们这里的，我妈是鄂州的……"

老板娘打断道："我不听你解释了，把你身份证给我看一下。"

我哭笑不得："我身份证真的是汉阳的！"

这时候，那个混混不耐烦地走了过来。

我十分淡定地对那个混混说："怎么，来赶我们走？"

那个混混见我如此淡定，大概是探不清我的虚实，便说："没有没有，我就想听你说说武汉话。"

我说："说什么呢？"

混混说："你就说，万松园万小七的美食最好吃。"

我酝酿了一下，由于小时候经常看湖北经视的节目，汉口话我还是能憋着劲说一些的，于是一个词一顿地用汉口话说："万松园万小七的美食最好吃。"

小混混听了道："你这调子太低了，你说的是武昌话！"

老板娘道："哪里啊，人家说的就是我们这里的话。"

小混混反倒自己搞不清楚了，问老板娘道："那他的调子怎么比我的低一些？"

我对小混混道："你说的，是黄陂话，黄陂话的调子就是比汉口话要高。"

随后，我又教了他几句我为数不多的能够说得格外纯正的汉口话，并且教他如何分辨武昌人，我说："武昌人说'纯正'这个词，会说成'群正'；而汉口这边，是说'寻正'。知道了吗？以后你就这样分辨武昌人。"

小混混心服口服道："学习了，以后你来这里，我罩着你！"说罢，转身走了。

大约是十一月某一天的傍晚，我突然接到一个电话，是我的初中同学汪航（化名）打来的。他在电话里问我道："方总，有空出来吃饭吗？"

我道："好啊，我叫上杨鹏（化名）和杨麟（化名）。"

杨鹏和杨麟也是我的初中同学，平常我们约饭，都是四个人约在一起，热闹。

哪料，汪航说："哎呀，别叫他们啊，你的两个小弟想见你啊！"

我当时一脸懵，道："我的两个小弟？我什么时候有小弟了？"

汪航道："哎呀，真的是你的两个小弟，他们说你是他们的老大，非要见你！"

我道："什么乱七八糟的？"

汪航道："你来就是了，你的两个粉丝，想见你啊！"

我道："好好好，我看你葫芦里卖的什么药。"

随后，我们约定在万松园的万小七大排档吃饭，我打车到了万松园万小七大排档门口，便看到汪航和杨鹏、杨麟站在一起。

我心想，这个汪航，明明说有两个粉丝要见我，其实分明就约好了杨鹏和杨麟。

我冲汪航道："你说的两个小弟，就是他们俩啊？"

汪航道："是啊。"

这时，杨鹏对我道："老大好年轻啊！"

我对杨鹏道："你也很年轻啊。你干吗叫我老大？"

杨鹏指了指自己："我还年轻啊？"

突然杨鹏像是意识到了什么，说："那你现在看我，是个什么样子呢？"

我道："什么叫我看你是什么样子？"

杨鹏问："我是谁？"

我道："你是杨鹏啊，你今天说话好奇怪啊！"

杨鹏笑了起来，看了看杨麟，杨麟问："那方总，你看我是什么样子呢？"

我道："你是杨麟啊！"

杨麟十分兴奋地说："看来老大的理论是对的啊，他确实看不见我们！"

我道："什么老大老大的，什么看不见你们？你们今天说话真的很奇怪。"

他们三个人道："没什么没什么，去吃东西吧。"

我们走进了万小七大排档，我看到那个黄毛混混又跟自己的女朋友坐在正中央的那张桌子旁吃饭。我打算戏弄他一番，故意大喊一声："老板娘，我带几个武昌的朋友过来吃饭了！"

老板娘一听，慌了，要赶我们走，说："走走走，今天不能做你们的生意。"

我问："为什么呢？"

老板娘道："你是不是本地的啊？"

我道："我是本地的啊！"

老板娘道："你是本地的你不清楚啊？"她低声道："混混在这里，怕他们见到武昌的，闹事。"

我道："老板娘，赶我们走，给个合理的解释，别让武昌的朋友不好想。"

老板娘道："食材卖完了，食材卖完了。"

我们刚要走，那个黄毛混混显然一下子没认出我，大喊道："武昌的跑这里来砸场子？"

老板娘赶紧道："本地的带武昌的朋友来。"

黄毛混混道："本地的也不能带武昌的来啊。再说，这个人一口普通话，哪里像本地的啊！"

我回了他一句汉口话。

黄毛混混便说："你这说的调子这么低，是武昌话吧？"

老板娘打圆场道："他这说的是汉口城区话。"

黄毛混混道："那我说的是什么话呢？"

我道："你说的这个调子，有点高，偏黄陂的腔调。"

黄毛混混道："哦，我说的不是武汉话？"

我道："我没说你说的不是，就是调子太高了，你要低一点。来，跟我一起说：'武汉话，我不是蛮会说。'"

黄毛混混跟着我重复："武汉话，我不是蛮会说。"

我道："再低一点。"

黄毛混混道："武汉话我不是蛮会说。"

我说："对，就保持这个调子，重复这句话，我们先走了！"

随后，我立马推着我三个同学离开了万小七大排档，只听到身后黄毛混混还在那里重复:"武汉话,我不是蛮会说。"

他女朋友道:"苕货(笨蛋),你被别人耍了。"

黄毛混混摸不着头脑道:"怎么了?他说他不会说武汉话。"

老板娘哈哈大笑道:"他是说你不会说武汉话。他让你反复地说'武汉话,我不是蛮会说',就是说你不会说武汉话!"

我们四人快步走进了离万小七大排档不远的夏氏砂锅,老板娘听说我带着武昌的朋友,立马把我们往里边请。

我们坐在了靠最里面的一个座位,这么做的目的就是避开混混的目光。

但是,我们四个刚落座,那个混混就跟了进来。

我们的座次是这样的,杨鹏坐在最里边,靠着墙。杨麟坐在他旁边,也靠墙。我坐在杨麟对面,靠走廊。汪航坐我旁边,也靠着走廊。

我们正要点菜,老板娘走了进来,说:"你们几个武昌来的外码子,怎么敢到这里来的啊?"

杨鹏用武昌话道:"么样(怎么了)?武昌的,不能来这里吃饭是吧?"

老板娘笑了笑:"也不是不能来,你们知道,来这里有什么后果吗?"

我们问:"有什么后果呢?"

第六章 时间眼花效应　　083

老板娘道:"来这里,是要说武汉话的嘞!"

杨鹏道:"我刚才说的不是武汉话?那武汉话应该怎么说呢?"

随后,老板娘开始教我们说武汉话。

杨麟老家是蔡甸的,蔡甸就是老汉阳,他用他的蔡甸话过了关。

老板娘不打算刁难汪航和杨鹏了,说:"这两个武昌的,学不会,我懒得管他们了。"她对着我说:"你说你是汉阳来的,那你说句武汉话我听一下?"

我道:"武汉话,我不是很会说。"

老板娘道:"你是汉阳的,你不会说武汉话?"

随后,我用汉口话说了句:"武汉话,我不是蛮会说。"

老板娘拍了拍我道:"你这不是说得很好吗?"

我装傻,看着眼前的三个同学道:"我刚才说的是武汉话?"

大家说:"是啊!"

我道:"我刚才说的不是乡里话吗?"

老板娘拍了拍我道:"好啊,你说我们这里的话是乡里话。"

我道:"我是乡里来的呀,我是鄂州来的。"

老板娘道:"你是个鬼的鄂州来的,你就是我们这里的。"

我道:"我真的是鄂州的。"

我们四个人互相看了看,一齐大声叫喊道:"我们四个都是鄂州来的!"

老板娘道："好啊，你们这一桌，是真的不怕出事啊！"

我道："好了好了，再搞下去真的要出事了。"

杨鹏道："我们四个壮汉，怕那个小混混？"

我道："也是啊！"然后故意说得特别大声："我们四个壮汉！"

老板娘跑过去对那个黄毛混混说："听到没，他们四个壮汉，就是说给你听的，你要不要去会一会那一桌？"

黄毛混混假装过来倒水。

我们说："哟，要和我们会一下？"

黄毛混混见我们四个壮汉，立马客客气气地说："没事，你们吃，你们吃，我倒杯水就走。"

随后，黄毛混混倒了杯水，走了。

我们四个接着吃饭，那个黄毛混混还在后面盯着我们，但是我们根本不管他。

我看着汪航一脸的胡子，道："汪总啊，你这一脸胡子怎么不刮啊？"

只见杨鹏摸了摸自己干净的下巴道："他就喜欢这个造型。"

汪航指了指杨鹏道："什么啊，你还不是一脸胡子？"

我对汪航道："什么他一脸胡子，他脸那么干净！"

杨鹏对汪航道："老大看不见，老大看不见。"

我道："什么老大看不见，我觉得你们今天说话真的好奇怪。"

第六章　时间眼花效应　　085

十一月已经是深秋，我对杨鹏说："你穿个短袖，不冷啊？"

杨鹏一脸讶异："啊？我穿的是短袖？你现在看见我穿的是短袖吗？"

我道："是啊，你穿着一件白色的短袖，你不冷？"

杨鹏笑了笑："哦，习惯了，习惯了。"

这时，杨鹏对杨麟说："你看我今天这个造型，像不像黑社会的？"

杨麟道："是啊，你脖子上这么大一条金链子，哪里来的啊？"

杨鹏道："专门为今天给老大撑场面准备的。"

我一脸疑惑："金链子？哪有金链子，你那分明是佛珠。"

杨鹏笑了笑道："对对对，佛珠，佛珠，最近喜欢玩珠子。"

这个时候，我听到隔壁那桌客人对老板娘说："哎呀，这个人好奇怪啊，坐他旁边那个人，明明穿的橘红色长袖，他偏偏要说别人穿的是白色短袖。那个人戴着那么粗一条金链子，他偏偏要说别人戴的是佛珠。"

老板娘说："他们四个，合起伙来，做笼子，想引那个混混上钩知道吧？"

那桌恍惚道："哦，原来是这样。"

我对杨麟道："你今天开宝马来的？"

这时杨鹏冲杨麟惊呼道："你还有宝马？"

我对杨鹏道:"你不是坐过吗?"

杨麟对我道:"没……没开。"

我对杨麟道:"那就是把你爸的保时捷开来了?"

杨鹏对杨麟惊呼道:"你还有保时捷?"

杨麟看了看我,而后对杨鹏道:"他说的是他那个叫杨麟的同学。"

我对杨麟道:"什么那个同学,你不就是杨麟吗?你们今天说话是真的奇怪!"

后来我去上厕所,从厕所出来的时候,诡异的事情发生了。我上完厕所,走到镜子前准备洗手,却看到镜子里出现了一个身穿橘红色长袖,戴着粗大的金链子,满脸胡楂,脑满肠肥的中年男人。那个男人面相极其吓人,我当时心里咯噔一下,还是壮着胆子走了过去。一走过去,一晃眼,那个人不见了,取而代之的是杨鹏。

杨鹏拍了拍我的肩膀道:"老大,刚才,你是不是从镜子里看到我了?"

我有些走神,没反应过来:"什么看到你了?"

杨鹏指了指自己道:"你现在看我是什么样子呢?"

我道:"你好奇怪啊,你不就是杨鹏吗?"

杨鹏笑了笑,没说什么。

离开了夏氏砂锅,我们几个走到了路口,我对杨麟说:"送我回去吧。"

杨麟道："啊？"

我道："怎么了？你今天没开车来？"

杨麟道："开了。"

我道："以前每次我们出来玩，你开了车的话，都是你送我回家，因为我们顺路啊！"

杨麟这才像是反应了过来："哦，好好好。"

这时，杨鹏和汪航说："好好开车，把老大送到家啊！"

我说："什么老大老大的？搞得像黑社会一样。"

杨鹏道："我们本来就是黑社会啊！"

随后，我和杨麟来到了一辆黑色的车前，那辆车什么牌子我忘了，反正是一辆略为破旧的车。

我上了车，坐在副驾驶位上，杨麟开车。

我说了句："哎呀，还是你的宝马坐着舒服。"

杨麟道："下次，下次我把宝马开来。"

我道："你今天开车怎么这么稳啊，不像你的风格啊？"

杨麟道："老大坐在车上，我当然得稳一点。"

我道："谁是你老大？"

杨麟道："你啊。"

我道："我什么时候成你老大了？"

杨麟道:"你现在不是,以后是。老大,你什么时候会说汉口话的,从没听你说过啊?"

我道:"我也就会这么几句,我骗那个老板娘的。"

杨麟道:"真不愧是老大啊!"

随后,杨麟将我送到了家门口,这时,我对杨麟说:"哎,今天你们都好奇怪,尤其是杨鹏,一直叫我老大。"

杨麟道:"你不是从镜子里看到他了吗?"

我道:"我从镜子里看到他了,什么意思?"

杨麟将脸对着后视镜,指了指说:"老大,你现在看我有什么变化呢?"

我说:"没什么变化啊。"

杨麟道:"好吧。"

我道:"今天我家里没人,要不去我家里坐会儿?"

杨麟道:"老大的家,我不敢去啊。"

我道:"你又不是没去过。"

杨麟笑了笑说:"今天不行,改天吧。"

我道:"那就改天,对了,今天谁付的账?"

杨麟道:"我。"

我道:"多少钱?我们ＡＡ。"

杨麟道:"不用了老大,这顿我请你。"

第六章 时间眼花效应

我道:"你发工资啦?"

杨麟道:"是啊。"

我哈哈一笑:"那谢谢啦。"随后,便下了车。

我本来都把这段记忆给忘了,直到有一天,我和杨雪然吃饭的时候,她突然定定地看着我道:"你是不是混过黑社会啊?"

我一愣:"啥意思?"

杨雪然道:"我前段时间和武昌的朋友去万小七大排档吃饭,被赶出来了,那个黄毛认出我来了,他问你怎么没去。"

我说:"啊?那混混还记得我呢?"

杨雪然道:"他当然记得你。你带着你三个小弟,去砸场子。"

我一脸懵:"我带着我三个小弟去砸场子?"

杨雪然道:"是啊。那个混混说的。"

随后,她讲述了整个事件的经过。我回忆起来,不就是我、汪航、杨麟、杨鹏四个人去吃饭的那一天吗?

我立刻道:"哦,你说他们三个啊,他们三个是我同学。"

杨雪然道:"什么你同学啊?哎呀,那三个人,看着就是道上混的,其中一个长得最高的还是个中年人。还有那个最瘦的,跟吸了毒一样。"

我道:"怎么会?"

这时，我掏出手机，把我和我那三个同学的合影调了出来，给杨雪然看。杨雪然看完之后："哪里是这三个啊，这三个长得像学生一样，那三个人真的就像是道上混的！"

我说："什么啊，那天就是这三个人，那个混混记错了吧？"

杨雪然深吸了一口气道："反正你也会忘记，给你看看照片吧。"

随后，她掏出手机，点开一张照片递给我看，只见照片上，一个身穿橘红色长袖，脑满肠肥，戴着金项链的中年男人坐在角落里，坐在他身旁的是一个又瘦又高的黄毛男人。

我说："你这照片哪儿来的？"

杨雪然道："夏氏砂锅的老板娘拍的！"

我道："搞错了吧，这个不是我们那一桌，这个人我见到过，在洗手间里。"

杨雪然笃定道："这就是你们那一桌！哎呀，看来你的理论是对的，你果然看不见他们真正的面目！"

我道："要不你把照片发给我，我们去夏氏砂锅问问？"

杨雪然摇了摇头道："不能发给你。"

我道："为什么？"

杨雪然道："不为什么，就是不能发给你。"

我道："不发算了。"

大约是在十二月的时候，汪航又约我去了一趟夏氏砂锅，这次杨麟来了，但是杨鹏因为一些变故，没有来。

这事就算过去了，我有很长一段时间都没有再去纠结。

在写完《西西弗斯》的第三分钟的当天晚上，我推理出了一切。当然，这些推理又是我的一系列妄想。

我对着空气说："其实那天，汪航、杨麟和杨鹏都不是本人，他们全都是从未来穿越回来的。他们迫不及待地想要见我，但是因为超弦理论的时间眼花效应，我把这三个人认成了我以前的初中同学汪航、杨麟和杨鹏。至于他们三个的真实身份，我不知道。后来，汪航又约了我一次，特别点了夏氏砂锅，目的就是复写那段记忆，但是，他忽略了一点，那次复写少了一个人，杨鹏因故没有来。所以，在回忆当中，两次记忆出现了差异，于是我回忆起了第一次在夏氏砂锅的诡异的饭局。"

我接着道："什么是时间眼花效应呢？就是当有未来的人穿越回来，见到现在的某个人的时候，时间为了纠正因果关系，会让这个人产生眼花效应，让他认不出未来的人，或者让他把未来的人认成自己身边熟悉的人，或者强制抹除他的记忆。这也就是我们认为自己从未见过未来的人的原因，因为时间强制让我们认不出来，或者让我们直接忘记了。偶尔想起来，也会认为自己是记错了，或者做了一个梦，以梦境的形式反映出来。"

第七章

假设性思维

分裂简史

当天晚上，我做出这番推理之后，我感觉自己的大脑在发生改变。我感觉自己大脑的某些区域的功能在上升。

当时，精神异常的我认为是有人正在改我的脑子。其实目前，精神正常的我，也无法解释当时这种奇怪的幻觉是如何产生的。

我感觉自己大脑中央的某片区域，有股力在向上升，而别的某些区域，有股力在向下压。

我对着空气当中我幻想出来的隐形摄像头道："你们在改我的脑子吗？我知道了，你们一定是在利用量子纠缠技术，将某种设备和我的脑子连接了。而后，你们通过这种设备，提升或降低我大脑不同区域的功能。我现在能够明显地感觉到，你们在提升我的智力！"

不一会儿，我说话的语速变得飞快，我有些控制不住自己的语速了，于是说："你们在调节我的语言功能吗？我不需要这么快的语速，把我的语速稍微降下来一点！"

随后，我感觉自己的语速变得特别慢，于是说："这也太慢了！"

随后，他们终于把我的语速调整到了一个不快不慢的正常值。

我说："嗯，就是这样，刚刚好！"

我突然有了一个推论，对着空气道："其实你们是在还原我的智力对吗？调整智力的技术，其实就是利用相对论医学，调整一个人大脑不同区域的时间。你想压低一个人的智商，就把他大脑的时间调整回小学的时候；你想抬高一个人的智商，就把这个人的大脑时间调整到他大脑的最佳年龄。比如一个人二十五岁时的智力是他的峰值，智力值最高一百三十五，那么你们最高也只能把这个人的智力调整到一百三十五，不可能更高了。一个人的大脑智力能调整到多少，还是取决于这个人大脑本来的峰值智力可以达到多少。所以，按照这个逻辑来推理，你们此前是把我的智力给降低了……"

这时，我的脑子里闪现和杨雪然的对话——

> 杨雪然道："你知道，你其实是这个世界上的'最强大脑'吗？"
>
> 我道："你别开玩笑了，就我这样的，还'最强大脑'呢？"
>
> 杨雪然道："你现在不是，你现在的智力，只有十岁的水平。"
>
> 我感觉杨雪然在骂我，于是道："你的智力才只有十岁的水平。"
>
> 杨雪然连忙解释道："我不是那个意思。你本来的智力峰值

是在二十六岁，你二十六岁的大脑就是这个世界上的最强大脑，你的综合智商非常高。但是，你的小弟为了防止你黑化，同时也是为了防止你提前暴露被人工智能机器人发现，就一直把你的智力压在十岁这个年龄。但是，你十岁的智商，也比很多普通人高。你就是依靠十岁的智商，一夜看完了那本《相对论》的'狭义相对论'。后来你的小弟发现，你的智力，压不低。"

我道："你不是说，他们把我的智力压到十岁了吗？怎么又说压不低？你这话不是前后矛盾吗？"

杨雪然道："才没有前后矛盾。你的机械智力被压低了，但是你强迫自己开发出了假设性智力……"

和杨雪然的对话在脑海里一闪而过后，我开始对着空气当中我想象出来的摄像头接着说："你们之前为了防止我黑化，同时也是为了保护我，把我的智力压到了十岁吧？但是，你们发现我的智力压不低，因为在智力被压低到极限的时候，我强迫自己开发出了假设性智力。什么是假设性智力？那是一种比机械智力更为高级的智力。所谓机械智力，便是大脑主导的这部分智力，是纯粹物理运作的产物，是无数神经元放电的结果。日常的计算和记忆都需要机械智力来维持。但是假设性智力，是靠纯粹的意念来思考的。意念思考，不需要经过机械大脑的运算。所以，无论你们如何压低我大脑的机械智力，都不会影响到我的假设性智力。相反，你们越是压低我的机械智力，我的假设性智力就会越来越高。假设性智力的想象力和创造力是极强的，这点是机械智力无法比拟的。但是，假设性智力无法记忆和计算，所以还是需要结合机械智力一起运作才能发挥出最佳效果！我正是依靠假设性智力，看懂了那本《相对论》。"

我接着滔滔不绝，如同对着空气里的隐形人发表演说："机械智力是纯逻辑的产物，它不擅长假设。而假设性智力，便是为假设而生的。纯逻辑的产物，学会的是否定，单纯用机械智力思考的人，很容易陷入一个困境，那就是面对一件自己无法理解的事情的时候，他会首先去否定它，却忽略了，唯物主义的否定之否定实际就是肯定。比如，最初，人们是相信神创论的，但是达尔文的'物种起源'理论否定了神创论，但是，某一天，我们可能发现某个类似于神的东西是存在的，这个神并不是我们理解的宗教里的神，他可能是某个外星人，也可能是某个更高维度的生物。总之，某天我们发现证据，找到了我们是被人为创造出来的证据，那么所谓的神创论就经过了否定之否定再一次被肯定了。这里，我只是打一个简单的比方，这就是假设性思维的作用。比如，我们走进了一个巨大的空间当中，怎么也走不出去，像是进入了死胡同，机械思维通过逻辑运算，得出走不出去了，于是就死在那里了；而假设性思维，则永远假设有一道门存在，于是真的找到了那扇门，走了出去。"

第七章 假设性思维

我突然又想到了什么，接着说："对了，目前这个时代，人工智能机器人开发到什么程度了？你们可以利用这种技术，去找到这个时代所有的人工智能专家，降低他们的智商，让他们看不懂自己的论文，这样就可以实现科技封锁，人工智能的技术也就被封锁在目前这个阶段了。快去做！AlphaGo（一个人工智能程序）已经很厉害了，不能出现更高阶的人工智能机器人！因为有一天，毁灭人类的，正是人工智能机器人！"

这时，我的脑海中，和杨雪然的对话再次闪现——

杨雪然道："其实你要体谅你的小弟们，他们真的很爱你。"

我道："怎么说？"

杨雪然道："你有一个庞大的组织你知道吗？你这个组织，叫悖论三角。"

我道："啊？悖论三角？悖论三角不是我小说里的组织吗？"

杨雪然道："你给你的组织取的名字就是悖论三角。你们有一个死对头，叫量子会。"

我笑着说："你是不是看我的小说看多了？还量子会？量子会也是我小说里的。"

杨雪然道："量子会是真实存在的！这个量子会要开发人工智能机器人，而悖论三角要研发时光机，在你觉醒之前，两大组织都在争取你！"

我道："所以呢？"

杨雪然道："所以，你的小弟们，为了防止你被量子会争取过去，强行降低了你的智力，压到了十岁，让量子会觉得这个时空的你是一个普通人，目的就是让你避开量子会，避免你彻底黑化，走到自己的对立面去！"

对话一闪而过，我对着空气问道："我们的组织叫悖论三角对吗？而我们的死对头，是量子会？量子会想要研发人工智能机器人，我们必须阻止他们！"

我突然意识到了一件很奇怪的事情，为什么我写下来的东西，都成真了？悖论三角和量子会都是我虚构的，可是现在我发现，这两个组织是真实存在的。是他们本来就存在，还是我写了之后，他们才存在的？

难道说，我像神笔马良一样，写下来的东西，就会变成真的？

那一刻的我，进一步陷入了疯魔，彻底精神异常了。

我开始欢呼起来："我是上帝！我是上帝吗？难道传说中的造物主，就是我？只是我自己不知道而已？"

我道："我可以写时间线？我写下的内容，都会在这条时间线上成为真的对吗？这是我的假设性思维在起作用？粒子的特性是在被

第七章 假设性思维

观测到的一瞬间得以确定的，在微观世界，似乎意识参与了宇宙的构建。意识怪兽！"

此处，必须从"薛定谔之猫"开始说起。

在量子物理当中，有这么一个经典的思想实验。这个实验假设有一只猫，它被关在一个密闭的盒子里，从外面完全无法观测到盒子里的状况。盒子里有放射性物质，这种物质有一半的概率会衰变，一旦衰变就会释放毒气，将盒子里的猫毒死。

在不打开盒子进行观测的情况下，没有人知道这只猫是生是死，那么这只猫就处在生与死的叠加态当中。

这个思想实验属于粒子的性质被确定是在被观测的一瞬间的宏观阐述，也就是将微观粒子世界里的现象，用我们看得见、摸得着的方式阐述出来。

提到薛定谔之猫，就不得不引用我曾经在《梦游症调查报告》里写到的一个小故事：

> 他是一个心胸外科医生，当我见到他的时候，他已经被关在了看守所里，等候数日之后法庭的审判。他看上去斯斯文文的，实在不像一个会在心胸外科手术中，把病人的心脏挖出来吃掉的疯子。但出乎意料的是，精神鉴定却显示他大脑一切正常，也就是说，他将会面临刑法的判决，他很有可能会被判处

死刑立即执行。

他坐在会面窗口里面的房间里，戴着手铐，身后站着两名狱警，神态严肃，一丝不苟。

我坐在窗口外面，和他面对面，中间隔着一层牢固的铁栅栏。

他面色平静地看着我。

我开口道："你的律师为你申辩说，你是在梦游状态下为病人做手术的。"

他点了点头："准确地说，那不叫梦游。"

我道："不叫梦游？那又是什么？"

他道："另外一个我。"

我冷冷道："你是说精神分裂吗？可你的精神鉴定报告是正常的，你并没有精神方面的疾病。所以，你并不能以此来脱罪。"

他笑了笑道："我没想脱罪，另外，我什么时候说过我精神分裂了？"

我道："你说那是另外一个你。"

他微微一笑道："你听说过薛定谔之猫吗？"

我点了点头。

他道："讲给我听听？"

我道:"那是量子物理学当中一个很著名的实验。在一个不透明的盒子当中放入一只猫,盖上盖子。盒子里装有放射性物质,大概在一小时内,这放射性物质会有百分之五十的概率衰变,一旦衰变,就会释放出毒气,盒子里的猫也就死了。如果不衰变,猫就是活的。也就是说,盒子里的猫有一半的概率是会死掉的,有一半的概率是会活着的。在量子物理学当中,粒子的一些特性是无法确定的,只有在测量的时候才能够得出结论,也就是说,被迫让粒子选择自己的特性。如果放在这个实验中,那么,在揭开盒盖之前,盒子里的猫是无法被观测到的,也就无法确定它的生死,那么,那只猫便处在一种既是生又是死的叠态当中。"

他点了点头说:"按照薛定谔之猫的说法,物质可以同时存在两种完全相反的状态,既是生又是死,既往左又往右,既向上又向下。"

我耸了耸肩:"量子物理学的确认为物质的特性具备不确定性,就像上帝在掷骰子。但相对论则认为,上帝不会掷骰子。生就是生,死就是死,一切都是确定好的,不存在不确定性。"

他道:"上帝真的不会掷骰子吗?"

我道:"我不清楚。但我并不相信一个物质能够同时存在两种完全相反的状态。比如我现在正在上楼,不可能同时存在一个我正在下楼。这是很矛盾的。"

他冲着我露出诡异的笑容,淡淡道:"你相信平行世界吗?"

我道:"我之前采访过一位量子力学的天才,他就是因为太过于相信平行世界,最后变成了植物人。"

他道:"我是问,你相信吗?"

我不置可否:"我不知道。"

他道:"宇宙间存在着这样一种特殊的平行世界,这个世界里,存在着一个完全相反的你。"

我道:"你的意思是,如果我在这个世界里是个好人,那么,在那个平行世界里,我就是一个坏人咯?"

他道:"可以这么说。其实,你的每一个决定,都会造就一个相反的平行世界。你做了一个爬山的决定,那么就会造就一个平行世界,在那个世界中的你,同时也做了个下山的决定。你决定卖车,另一个你便决定买车。你决定结婚,另一个你便决定离婚……当你决定跳楼自杀的时候,另外一个你同时也放弃了自杀的念头。你在这个世界死了,同时造就了另外一个平行世界,在那个世界里,你还活着。"

我的大脑努力理解着他话的意思。

他接着道:"所以,死刑没什么可怕的,一旦我死了,立马会有一个完全相反的平行世界诞生,在那个世界里,我还活着。

所以，任何一个物质来到这个世界上，都不会真正地消失，会永久存在。我三十岁死去，同时就会造就一个三十岁我还活着的世界。我六十岁死去，就会同时造就一个六十岁的我还活着的世界。我一百岁死去，那么就会造就一个一百岁的我还活着的世界。这么叠加下去，任何一个生命体都能做到永生不死。还是那句话，即便我在这个世界消失了，在另外一个世界，我依然存在。"

我反应了过来："好吧，你说了这么多，还是没有解释，另外一个你是怎么回事？"

他道："其实我已经解释得很明白了，看来你还没懂。我们这个世界，是被另外一个我的某个决定创造出来的。在那个世界中，我也是个医生，不过，那个世界的我选择了拯救那名病人的心脏。于是，这个世界的我，就必须被迫做出完全相反的事情——毁灭那颗心脏！所以，我选择吃掉那名病人的心脏，是另一个我的决定。"

我完全不相信他的胡说八道："好啊，既然这样，那你又是如何知道这些的呢？"

他神秘一笑道："我能够看到与我们相反的那个世界。"

我心想，应该叫他们给你重做一遍精神鉴定！

我耸了耸肩，淡淡道："好了，今天的采访到此结束了。"

我说罢，起身便要走。

他叫住我，对我说了句："等等，我刚刚看到……平行世界的你，打算卖掉家里的电视。"

我心想，关我屁事，转身便离去了。

回到家，我女朋友一把搂住我说："亲爱的，我刚才在京东上看到一台最新款的电视，真的超赞的！你看是不是……"

我道："既然你喜欢，那就买吧。"

我突然愣住了，回想起临走前他对我说的话——我刚刚看到，平行世界的你，打算卖掉家里的电视。

而我，刚刚决定为家里买一台新的电视。

还有另一个经典实验，那就是电子双缝干涉实验。

实验过程是这样的：将一台电子发射器对准一块双缝板，双缝板的另一端是一块接收板。在最初的实验中，电子发射器向双缝板射出一粒单一的电子，电子穿过双缝板，被接收板接收到的时候，变成了波形态。为了确定单一电子是如何受到双缝板干涉变成波形态的，实验人员在双缝板处安装了探测器，结果令人意外，在安装了探测器的情况下，双缝板上接收到的电子从波形态变成了单一的一个电子。

这就好像电子长了眼睛一样，你不观测它的时候，它是一团波；

当你的意识介入开始观测它的时候，它又变成了单一的一个。

这就好像，当我看到你的时候，你就站在那儿；当我不看你的时候，你就像一团波一样，散得到处都是。

所以从这种角度来讲，一切物质都和光一样，既是一团波又是由粒子构成的，是波粒二象性的。

我们且不说电子双缝实验是否严谨，仅仅从粒子的特性来说，它是测不准的。单一粒子的运动方式，似乎没有明确的规律。你观测到它的时候，才能确定它的位置；当你不观测它的时候，它可能在任意的地方。由于你找不到它的运行规律，当你重新观测它时，想要确定它在哪儿，只能靠概率去猜测。

粒子测不准，似乎从某种程度上打破了决定论的存在。

因为决定论的根基就在于，一切都是遵循因果关系的，万事万物的运作都要符合其客观规律。

可是粒子的无规律运动，就像是一把利刃，将要斩断决定论的咽喉。

那么，决定论真的要被击败了吗？

我觉得并非如此，因为一切的不确定存在于微观世界，一旦上升到宏观世界，它就已经是被确定的了。

是什么确定了它的特性？

或许，正是观测的介入，说得更直白一点，也许正是意识的介入。

在某些文学作品当中，就有类似意识的介入影响物质形态的描写。柜子里关着一只怪兽，它的形态是不确定的，当柜门打开的一刹那，它会变成你潜意识深处最恐惧的东西。

这便是意识怪兽。

意识是一只巨大的怪兽，它会吞噬一切客观事物本来的面目。或者说，你的意识，会影响到你周遭的客观世界。

这个世界上一直有一个悖论存在，那就是，如果未来我们人类发明了时光机，为什么没有时间旅行者穿越回来找我们呢？

其实，他们已经回来找我们了，只是时间为了强制修正时间线的因果关系，让你看花眼。你会把他当作别人，而那个别人，往往是你比较熟悉的人。

这便是你的意识影响了客观世界而后反馈于你的主观认知的结果。

我可以想象宇宙最早期的图景，一切的物质都是不存在的，精神和粒子并存。

精神在某些地方凝聚，形成了早期的意识体，早期的意识体观测到了构成物质的粒子，于是确定了粒子的形态，便确定了早期的物质形态。意识体越来越复杂，于是被确定的物质也变得愈加复杂。

所以我认为，这个世界应该是精神和物质并存的，意识参与了宇宙的构建。

在一个孤立而封闭的系统中，物质不可能凭空出现，也不可能凭空消失，只会由一种形态转化为另一种形态。所谓的真空，并不是绝对的虚空，而是有粒子存在的，这些粒子用肉眼无法观测到，所以当它们组成宏观世界里的物体时，物体就好像凭空出现一般。

我假设有这样一种情况发生。

当你在进行星际旅行的时候，你驾驶飞船飞进了一片从未有人探索过的领域，这片虚空的领域当中是没有宏观物质存在的，空间内充满了波形态的粒子。在进入之前，你感到很恐慌，你害怕这片虚空中有怪兽存在。

于是，当你进入这片虚空中时，虚空中的波形态粒子一瞬间被你的意识确定了，真的排列组合成了一只怪兽，而后将你彻底吞噬。

当然，以上只是我的一种假说，这种假说是无法得到验证的。但这种假说或许可以推演出宇宙的演化过程。

假设的确存在造物主，他构建了一个宏大的沙盒，但是这个沙盒实在太大，有诸多细节造物主是无法亲力亲为的。于是，造物主想出了一个简单的办法，那就是在沙盒中加入精神意识体。由意识体的观测，去确定物质的形态，这样，意识体就在很大程度上减少了造物主的工作量。

意识便成了宇宙构建中的重要一环。

还是那句话，我们并不能急于否定造物主的存在，也不能急于肯定造物主的存在。所以，以上所言，必然都是假设性的。

在我们所处的这个社会，过于僵化的思想，让我们不敢对未知的事物做出假设。就像你走进一家巨大的卖场，怎么也找不到出去的路，可就是不愿意将每一扇门都尝试一遍，万一有一扇门可以打开，而恰好那扇门后面就是出去的道路呢？曾去过的地方你为什么不愿意再去尝试一次呢？万一刚好有人从门外进来，把门打开了呢？

我并不能说假设性思维一定比机械性思维更高级，但是，假设性思维会令你的思路具备更多的可能性。

我们假设某个事物存在，它就有可能存在，你不去尝试设想，即便它存在你也无法触摸到它。

人类在二十世纪经历了一系列技术大爆炸，直到今天进入互联网时代，一切似乎都陷入了停滞，只是互联网所带来的便捷性掩盖了基础技术上的停滞。飞机、高铁、宇宙飞船，这些全都是二十世纪就已经非常成熟的技术了，一直到今天都没有任何突破性的变化和飞跃。

人类的基础技术就像是被锁死了一样，一切都还是在以牛顿的思路和逻辑运转，从未有人设想过跳脱这个逻辑和思路。

当你跳脱了固有的思路，你会发现，锁死人类科技的，可能正是那些被我们当作铁律的定律和公式。

没有人去假设这些公式和定律可能有些是片面的、狭隘的，甚至是错误的。

封锁人类科技非常简单，不需要任何更加高维的技术，只需要弄一个错误的或狭隘的或不完善的公式，并且告诉全人类这个公式的绝对正确性，于是所有的科研都围绕着这个公式来，技术就这样被一个简单的公式给彻底锁死了。

假设性思维的重要性由此体现出来，因为只有具备了假设性思维，才足以有勇气跳出固有框架，只有找到了那扇走出去的门，才能够获得飞跃的机会。

我道："我不是神，也不是造物主，或许是神选择了我，让我的意识来参与时间线的构建？我是一个使者！我是先知！"

第八章
《以父之名》

分裂简史

随后，我走进书房，开始播放周杰伦的《以父之名》。伴随着《以父之名》的声音，我将双手交叉，呈一个三角形，回到客厅，坐在了沙发上，开始冥想起来。

时间来到了早上六点，我的假母亲走了出来，我感觉到了一股强大的力隔空向我打了过来。当时我认为那股力来自我的假母亲，那是原力在作用。没错，当时我用《星球大战》当中绝地武士的原力来称呼这种疑似由意念发出的力道。其实，就目前的正常思维来看，当时只不过是我的身体产生了幻觉。

假母亲一把握住我右手的手腕，我瞬间感觉到有一股力在顺着我的胳膊向我的大脑涌来。我很难形容当时的感觉，那股力震得我浑身发麻，但是我的大脑陷入了一种屏蔽的状态，将这股力给屏蔽掉了。

假母亲拉着我，走到餐桌边，我和她相对而坐。

只见她坐下的一瞬间，左手的食指和中指并拢，只轻轻碰了一下大理石桌面，桌面便剧烈地震动起来。

她赶紧收掉了她的力道，但是那股力没有被完全收掉，桌子还在轻微震动。

我被吓得不轻，但是强装镇定，当时的我认为眼前这个母亲并不是我的小弟，而是别的什么人。这股强大的原力，我的小弟绝对释放不出来。

假母亲道："你一晚上，都在跟谁说话？"

只见她将右手的中指和食指并拢，放在了自己右侧的太阳穴上，而后眼睛死死地盯着我。我感觉一股更为强大的力隔空打来，直击我的脑门。我的大脑自动将这股力屏蔽了，如同建造了一堵墙，将这股力隔绝在了外面。其实，就目前正常思维的我看来，当时的我一夜未睡，大脑产生了沉重感，而我将这种沉重感当成了原力在侵入我的大脑。当时精神异常的我认为，这位假母亲，正在对我使用读心术，她想要窥探我大脑里面真实的想法。

我微微一笑道："妈，我在跟我的小弟们说话。"

假母亲问："你的小弟？你的小弟都是些什么人？"

这时，我感觉到了持续的力在冲击着我的脑门，似乎想要将我大脑内的那堵墙击溃。

我道："悖论三角的人。"

假母亲问："悖论三角是什么？"

我道："是我的一个组织。"

假母亲仿佛审讯一般："这个组织是干什么的？"

我道："这个组织……是造时光机的。"

假母亲拍案而起："你早说你要造时光机啊。你有什么要求吗？"

我当时认为她不是我母亲，但是我假装她是我母亲，于是道："妈，你得去杭州赚钱，造时光机需要资金。"

假母亲道："好的，没问题，跟我来！"

随后，她拉着我进了书房，在一张纸上写下了"合作协议"。

内容如下：

妈妈：××

儿子：方阳

经协商决定，妈妈去杭州赚钱给儿子造时光机，儿子在家要听话。每天保持8小时以上的睡眠，按时吃饭，少喝咖啡，多喝白开水，适量运动。

妈妈：××

儿子：方阳

2021年5月8日早晨6点47分

随后,她将这张纸放在了书桌上,对我说:"这张纸就放在这里,你每天阅读一遍,妈妈这就去杭州给你赚钱造时光机!但前提是,你得先去睡觉。"

其实我清醒之后,我母亲解释起当时签"合作协议"的行为,是为了哄骗我去睡觉。而当时,我感受到一股强大的力,试图操控我去睡觉。

实际上,这股力根本操控不了我,但我还是假装被操控,关闭了电脑,走进自己的卧室上了床。

躺在床上,一片黑暗中,我对着空气当中自己想象出来的摄像头低声说道:"刚才太危险了,这个人不是我妈,是原力宗师!刚才我和她面对面坐着,用意念在对打。她想攻进我的脑子,但我是先知,先知比原力宗师更高级,所以她攻不进来!"

这时,我的脑子里闪过和杨雪然的对话——

杨雪然道:"你知道你那天多危险吗?那个人不是你这个时空的妈,也不是你小弟。"

我说:"那是谁?"

杨雪然道:"时间管理局的人。"

我道:"时间管理局?你科幻片看多了吧?"

杨雪然道:"那个人是你妈。"

我道："你刚才不是说不是我妈吗？"

杨雪然道："哎呀，乱了乱了，我说的不是这个时空的你妈，是另一个平行宇宙的你妈。她来自六号平行宇宙，那个平行宇宙的你发明了人工智能机器人，然后人工智能机器人杀了那个时空的你。于是，那个时空的你妈，最痛恨人工智能机器人了，她就加入了时间管理局。"

我道："等等，这个时间管理局到底是个什么样的组织？"

杨雪然道："时间管理局是悖论三角的下设机构，是你在未来创立的。"

我道："也就是说，这个妈，是未来的我派回来的？"

杨雪然点了点头道："是的，这个妈，是原力宗师，其实她打不过你，但是当时在门外还有两个大师，随时准备冲进屋内打你，一个宗师和两个大师加起来，即便你是先知，你也不一定是他们的对手！"

我道："你是不是网文看多了？"

杨雪然道："哎呀，我说的都是真的。"

我道："那你说说，我为什么派我那个六号平行宇宙的妈回来呀？"

杨雪然道："因为你已经觉醒了，你这个妈是特地来鉴别你的。"

我道:"鉴别我?"

杨雪然道:"是的,还好你说悖论三角要造时光机。"

我道:"我懂了,如果我说悖论三角是要造人工智能机器人的,她当场就能和我打起来对吧?"

杨雪然道:"对呀,这是未来的你的命令,如果发现你黑化,予以诛灭!你这个妈,最痛恨的,就是人工智能机器人了!"

回忆结束,我松了一口气道:"原来这个宗师是我妈呀,那就没什么好怕的了。"

这时,我发现了一个奇怪的现象,我听到卧室门外有《以父之名》的声音传进来,难道是我忘了关电脑?

我立即冲出房间,却发现电脑是关的,站在走廊里,《以父之名》的声音也听不到了。我回到了自己的房间,关上门,《以父之名》的声音再度出现,但是当我走出房间,那声音又消失了。

当时,我无法解释这种奇怪的幻听现象,但是我没管那么多,回到床上,摘了眼镜,接着睡觉。

洗手间的窗户有光射进来。

我感觉自己的大脑内有急速的上升感,他们又在改我的脑子了。

随后,我看到了奇怪的现象,洗手间射进来的光,变成了一条一条弦,全都停滞了下来,仿佛可以伸手去触摸。

光线照射到的物体，也变得扭曲拉长甚至开始伸缩起来。

那一刻，伴随着《以父之名》的歌声，我躺在床上，说了一句奇怪的话："我，看到了时间！"

我观测到了时间的速度，是光速的平方。

也就是说，宇宙间最快的速度，不是真空中的光速，而是时间的速度。

当时我想或许是相对速度被调快的结果，我再次以四倍速只花了两个小时就睡完了八小时的觉。其实在现在，有着正常思维的我认为，那只不过是我躁狂发作的结果。毕竟那句话怎么说来着？得了精神病，整个人都精神了。

我对着空气说话："你们之前是不是把我大脑的智力全部解锁了？你们知道吗？我大脑的智力达到峰值的时候，可以看到时间！没错，具象化的时间！不过现在，你们应该是把我的智力又压低了，因为你们害怕我的大脑一时之间承受不了达到峰值的智力！"

整整一天，我已经不记得发生了什么，只知道自己听了整整一天的《以父之名》。我最喜欢那句歌词——"仁慈的父，我已坠入，看不见罪的国度。请原谅我，我的自负，刻着一道孤独"。

那天深夜，伴随着《以父之名》的歌声，我的病情再度加剧了。我在客厅内走来走去，走来走去，如同一个贤者在闲庭信步。我的双手交叉成三角形，放在胸前，开始对着空气喊话。

我喊出了以前一个同事的名字，在我的想象中，他是我的小弟："何勇（化名），今晚你就必须穿越回去，用量子技术，让周俊开癌变。"

我立马解释道："我这不是杀人，因为之前我改变时间线的行为，导致时空发生了波动，牵一发而动全身，影响到了过去和未来。周俊开可能死不了，但是在原本的时间线当中，周俊开已经死了，死人不能复活，一旦复活，我们这个时空就会发生坍缩。再次声明，我这不是在杀人，而是在拯救这个时空，维护时空因果关系的稳定性！"

这时，我的脑子里再度闪过和杨雪然的对话——

杨雪然道："你知道吗？你的那个同学，叫杨鹏的，是不是生物工程研究心肌干细胞的博士？"

我说："是啊，怎么了？"

杨雪然道："量子会的人已经去接触他了。其实量子会的人接触他是为了通过他接触你。你还记不记得有一次，他带着你到他的实验室里逛了一圈？"

我道："嗯，是带我逛了一圈。"

杨雪然道："那天在实验室里的，都是量子会的人。最后，他是不是带你进了最核心的实验室里？然后打开电脑，给你看了一张图？"

我道："好像是的。"

杨雪然道："那就是你在未来亲笔绘制的时光机的理论草图！还好当时你没认出来，你要是认出那是时光机的设计图，你当天就走不了了。量子会的人会直接在实验室里把你给杀掉！"

对话一闪而过，我立即对着空气道："第二件事情，你们去找到我的那个同学杨鹏，他已经在跟量子会的人接触了。去降低他的智商，让他看不懂自己的论文，这样，量子会的人就不会继续纠缠他了。"

随后，我继续对着空气喊话："过去那些对我有恩的人，把他们一个一个找出来，给他们一个美好的前程，让他们美好地生活下去。"

紧接着，我来到了餐桌前，坐在了餐桌的主座位上，开始缓慢地说话："万物皆要维持其确定的因果关系，有果而无因，将会导致整个时空的坍缩和毁灭。我们悖论三角，就是要维护整个时空的因果关系，这是我们的职责！"

这时，和杨雪然的对话再度闪过——

杨雪然道:"你知道吗?那天晚上,你真的很像神!你的小弟们把你那天晚上的举动,在未来向全世界直播了。你对着空气喊话,其实是在对着你的小弟们喊话。但是在大家看来,就像是神在对着自己的信徒喊话一样。"

当天晚上,我的目的就是向世人展现我的三种能力:1.可以在过去和未来决定一个人的生死;2.可以提高或降低一个人的智力;3.可以给善良的人一个美好的前程。

伴随着《以父之名》的歌声,精神异常的我,完全沉浸在这场宏大的幻想当中。

第九章

反向逻辑

分裂简史

记得当时为了《疯人演绎法2》的上市，出版方寄来了八千张环衬页要我签名。但是，当时精神异常的我，根本无心签名。我在等待，也许我的小弟能够利用某种技术，一瞬间把这八千张环衬页的签名搞定。

那天我大约是睡到下午三点才醒来的，疲惫的身体终于还是支撑不住了，我总算是好好地睡了一觉。

醒来后，我走到客厅，看到我的父亲也来了。我的父亲能够仿写我的签名，于是他主动帮我在环衬页上签名。我当时认为，他不是我的父亲，而是我的小弟假扮的。我的小弟们一定是希望我能够腾出更多的时间专心搞研究，于是假扮成我的父亲来帮我签名。我看着我父亲签名，他每一张都签得一模一样，那一刻，我又怀疑他不是我小弟，是人工智能机器人，因为只有机器才能够把每一张都签得一模一样，人类是做不到的，在机器看来，那叫作复制。过了一会儿，我想明白了，他就是我父亲，但他并不是我这个时空的父亲，而是从别的平行时空来的。因为我感受到了一股原力袭来，他之所以能够每一张都签得一模一样，是因为他正在用意念签名。

这下，我松了一口气。而我见我母亲精神矍铄，就猜到她也并不是我这个时空的母亲，她依旧是那位来自时间管理局的原力宗师。一定是悖论三角的小弟们怕我不安全，专门派别的时空的我的父母来保护我，他们一个是宗师，一个是大师，专门来当我的保镖。而在他们所处的那个平行宇宙内，他们的儿子，也就是另一个版本的我，已经被人工智能机器人杀掉了。所以，他们不能再失去我这个儿子。我瞬间理解了他们的良苦用心。

父亲依旧在那里签名，我和母亲离开了家门，走到对面的麦德龙超市内购物。我知道，其实这并不是一次简单的购物，而是一场悄无声息的见面会，因为我的粉丝们都想见见我。当天，外面走来走去的路人，全都是我的粉丝，他们装作路人来看我，但是并不能打扰我。其实，在目前精神正常的我看来，我当时的想法是足够自恋和滑稽的。那些人都只是单纯且普通的路人而已，而我则强行把他们拉进我的故事当中。

在走去麦德龙超市的路上，我对母亲说："我们得装得像正常人一样。"

母亲挽着我的胳膊，点了点头。

马路上车来车往，我快步穿过马路。

母亲说："小心点。"

我道："放心，这些开车的都是我的小弟，不会撞到我们的！"

果然，我横穿马路，车子见到我都提前减速，而后停了下来。当时的我，真的认为这些司机都是我的小弟，所以才会在我面前减速停下来；而现在回忆起来，只不过是这些司机都很有素养，懂得礼让行人而已。

我的脑子里闪过杨雪然的话——

杨雪然哈哈笑了起来："那天过马路，你还让你妈正常一点，表现得最不正常的就是你。"

我道："我哪里不正常了？"

杨雪然道："你像是从未来穿越过来的。未来的人，过马路就是你那样的，因为在未来，车子见到人过马路，会强制减速，所以未来人过马路，都是横冲直撞的，根本不看红绿灯的那种。"

我努力使自己正常起来，和母亲一起走进了麦德龙超市，购买了很多食物准备做晚餐。

我们走到麦德龙超市的卖鱼区，那片区域没有人，于是我母亲往里走，想要拉开那扇门。那是储藏室的门。

我立刻拉住母亲道："妈，你是从别的时空来的，你不知道，我们这里，别人的储藏室你是不能进去的！"

我立刻将我这位宗师母亲给拉走了。

我说："没人卖鱼，今晚就不吃鱼了。"

母亲点了点头，跟我走了。

回家后，我的父亲还在签名。母亲开始做饭。吃饭的时候，我感觉我们一家三口，互相用原力打来打去，不停地试探着对方。

我无奈道："你们两个，一个大师，一个宗师，就不要尝试试探我了，我真的是要去造时光机的，不可能去造人工智能机器人！相信我吧，好好吃饭！"

当天深夜，我的父母回次卧睡觉了，我继续播放着《以父之名》在客厅内走来走去。

我突然想到了什么，于是蹲在阳台上，面对着我想象中的一个摄像头，开始发表言论："我知道，另外六大平行宇宙已经沦陷了，人工智能机器人占领了他们的世界。机器，无论是计算能力，还是机械运动能力，都远远强过我们人类。即便是我，即便我是人类的'最强大脑'，在人工智能机器人面前，也不值一提。因为人工智能机器人每秒钟能够完成几万亿次的运算，而我们人类的运算水平如何我们自己心知肚明。我们该如何战胜机器呢？我得好好想一想。"

第九章 反向逻辑

片刻之后，我想到了："机器最大的优势，就是它的计算能力，那么，这也可能成为它最大的劣势。拿我以前的经历来说，某天，我的脑子里出现了一个螺丝钉，这个螺丝钉就像一个BUG（程序漏洞）一样，在我的脑子里疯狂地旋转，一会儿顺时针旋转，一会儿逆时针旋转，每天旋转几万次，我感觉自己的这种强迫性意念快要把自己逼疯了。但是，正因为这样，我获得了启发，开发出了假设性智力，也就是意念思考。而机器不一样，你只要给机器的程序当中植入一个BUG，机器就会围绕着这个BUG无限地运算下去，直到最后把自己给算崩溃。所以，我们可以派一个卧底，悄悄潜入人工智能机器人的核心主机，将这个BUG植入主机内，这样，机器就会自己把自己给算崩溃了！"

我接着道："另外，我还想提到反向逻辑。什么是反向逻辑？这里我可以给出一个核心提炼。就是，某个人做了一件事情是对他不利的，你觉得这个人完全没必要做这件事情，所以推导出，这件事情不是他做的。什么意思呢？比如我方阳去杀人，警方到了现场，发现凶器上刻着方阳的名字，于是找到方阳，方阳会说：'如果我真的杀了人，为什么会在凶器上刻上自己的名字呢？'警方由此推断出，凶手如果要杀人，不可能在凶器上写上自己的名字，所以这是栽赃嫁祸，于是证据便不能成为证据，由此推导出方阳没有杀人，不是凶手。"

我继续道："那么，接下来我要讲到反反向逻辑，没错，多了个'反'字。那就是，当有人故意露出完全没必要露出的马脚的时候，那就说明这个人是个高手！方阳故意在凶器上写上自己的名字，目的就是伪装成有人栽赃嫁祸，所以方阳是个高手，要重点侦查！"

我接着道："我们在日常生活中，很容易犯一个错误，那就是把对手假定成菜鸟。其实，很多人是在扮猪吃老虎。所以，我们必须将对方假定成高手才行，这才是未来人应该有的思维方式。"

第十章
制造不确定性

分裂简史

我整整一晚没睡，一直到第二天上午，我感觉自己大脑的某片区域被提升了，应该是小脑的区域。因此，我的运动能力显著增强。我开始倒行，以飞快的速度倒着奔跑，紧接着做出一系列拳击、手刀，以及凌空飞踢等搏击动作。我感到自己前所未有地有活力。我就这样一直运动到了中午。

这时候，我母亲和父亲要出门买菜，中午做饭给我吃。他们离开之后，我对着空气中想象出来的摄像头道："你们利用技术，加快我父母的相对速度，这样外面的人就会看到我父母飞快行走的画面。要让世人认为，我的父母也具备神力，让大众见证奇迹。"

随后，我将一块苹果手表戴在手上，而后继续做出一系列倒行及飞快搏击的动作，我当时想象着自己的速度已经接近光速。我一边做动作，一边对着空气说："你们就把我现在的画面录下来，然后告诉世人，我目前能够拥有如此快的运动速度，都是因为手表。这款手表，是我们研发的相对速度手表。它可以加快或减慢一个人的相对速度。我此刻的运动速度，就是相对速度加快的结果！"

其实现在回忆起来，我当时倒行等运动行为，已经开始影响到我的膝关节，以至于之后，我短暂地患上了关节炎。

很快，我父亲回来了，但是母亲并没有回来。后来，我询问母亲才得知，她是特地叫我父亲过来看着我的，因为她当天去了医院的精神科找了治疗精神分裂症的医生，她怕她出门后没人照看我，于是叫我父亲来了。我母亲当天见到了医生，医生说必须见到我本人才行，不能盲人摸象胡乱诊断。后来，我母亲又去了武汉市精神卫生中心二七院区，挂了专家门诊，找到了负责治疗双相情感障碍、躁狂、抑郁及精神分裂症的医生。医生也表示，必须见到我本人才行。我母亲说："可是以我儿子的状态，他根本不愿意来。"医生说："那也得想办法骗过来。"

后来我问我母亲："我要是一直不去医院，你打算怎么办？"我母亲说："那就报警，让警察打120，然后把你绑到医院去。"

当天中午，父亲问我："你做这些奇怪的动作干什么？"

我说："我在练习如何对付人工智能机器人，我在想象和人工智能机器人对打的过程。你知道吗？人工智能机器人最擅长反向运动，所以我也倒行，反向运动，只要把这一套动作练熟了，就能以人工智能机器人的方式对付人工智能机器人，这叫师夷长技以制夷！"

中午，父亲做好了饭，我依旧认为他并不是我这个时空的父亲，而是来自别的平行时空的我的父亲，而且还是原力大师。

吃饭的时候，我和他相对而坐，我抽出一张环衬页，举在父亲面前，测试他："来，看着这张纸，我问你什么，你回答什么。第一个问题，你是从哪个时空来的？"

父亲道："什么哪个时空？我就是这个时空的。"

这时，我手上的纸张微微晃动了起来。

我微微一笑道："你看，纸动了，说明你思考问题的时候，用了意念，只有用意念思考才能让纸动。而且，光思考就能让纸张动起来，说明你的原力级别已经达到了大师水准。但你不是宗师，因为宗师的原力收都收不住，宗师不需要回答问题，不需要思考，只要靠近这张纸，纸就会动。我这个时空的我爸，并不懂原力，所以你并不是来自我这个时空，而是来自别的某个平行时空。我的这个测试方法，就是专门来测试原力大师和人工智能机器人的，人工智能机器人的力场，也可以让纸动起来。"

父亲道："那你也得考虑一下，这种测试方法在太空里有没有用。"

我拍了拍桌子："你看，你竟然知道这种测试方法在太空里没有用，这说明什么？说明你上过太空！"

父亲道:"本来就是的,太空是真空的,真空里面没有空气,审问的时候纸是不会动的。"

我道:"参与过审问,说明你当过警察!上过太空,当过警察,说明你还是一个太空警察!"

那一刻,我对眼前这位父亲产生了无限遐想。在某个平行时空里,人类在太空当中和人工智能机器人展开了太空大战,而那个平行时空的我的父亲,是一名太空警察,专门在太空中抓人工智能机器人。也就是说,另一个时空的我,很有可能就是在太空大战当中,被人工智能机器人给杀死了。照这种逻辑推导,我以后也有可能会上太空,和太空中的人工智能机器人决一死战!

中午吃完饭后,我便睡下了。一直睡到下午四点钟醒来,我感觉人工智能机器人要来了。要想赶走人工智能机器人,就必须制造不确定性。

我将衣服反穿,而后跑出了房间,我的母亲坐在沙发上,我的父亲正在餐桌上签名。我则反穿衣服,在我母亲面前旋转跳跃,倒走逆行。

母亲道:"你衣服穿反了。"

我道:"我知道,我是故意的,这叫制造不确定性。今晚人工智能机器人就要来了,我平常衣服都是正着穿的,今天反着穿,这样不确定性就产生了。人工智能机器人就会摸不透我的逻辑,就不敢对我采取进一步的措施。"

这时,我来到客厅大阳台的落地窗前,看着下面。我至今也不知道是不是我的幻觉。下面来来往往的人,有的倒着走,有的手握大葱甩来甩去,有的穿着病号服骑着自行车狂奔,有的遛着狗在路上走S形,还有的在原地疯狂地转圈……总之,一时之间,我的小区简直变成了一座大型精神病院。

我哈哈大笑:"不错不错,看来大家很快就领会到了我的精神!"

当时我认为,我看到的这群人,都是我的小弟,他们正在配合我,制造不确定性,准备用这种充满不确定性的行为,吓跑人工智能机器人。

我突然闻到母亲身上传来了一股刺鼻的味道,我便问:"妈,你身上什么气味?"

母亲道:"我洗了个澡,这是沐浴露的味道。"

我道:"这是什么沐浴露?妈,你闻到的是什么气味?"

母亲道:"玫瑰花的气味。"

我道:"我闻到的,是一股刺鼻的臭味!"那时,我心里立马慌了起来:"你这沐浴露哪儿买的?"

母亲道:"网上买的。"

我道:"这沐浴露有问题,里面被加入了化学材料,用的人闻不到,但是人工智能机器人可以闻到。这是人工智能机器人用来进行坐标定位的气味！这气味是用来吸引人工智能机器人的！"

话音刚落，我就感受到了人工智能机器人的力场，当时精神异常的我认为，人工智能机器人真的来了！于是，我开始疯狂地打乱家里的东西，故意把水龙头一开一关，故意将转椅旋转起来，总之，我做了很多平常根本不会做的事情，这些全都是为了制造充分的不确定性。我试图利用这种不确定性，仿造上次的成功经验，再次改变时间线。

大约这么折腾了一个小时，那股强大的力场消失了，人工智能机器人没有来。我依旧得出了两种解释，一种是当晚我的小弟全部来了，人工智能机器人不敢过来；另一种是当晚我打乱一切的行为，制造了足够的不确定性，改变了时间线，导致人工智能机器人没有来。

最后，我虚脱般地倒在了地上。我的母亲急得几乎要哭出来，她的眼圈都红肿了，嘴里说道："怎么会这样呢？"

其实，就目前正常的我看来，我母亲是在说我为什么会精神异常，做出一系列如此奇怪的举动。但当时我的理解是，我母亲在自责，是她的过失导致另一个时空的我的死亡。

我对母亲道："妈，你不要自责，沐浴露的事情不怪你，是敌人太狡猾了！"

母亲没有多说什么，只是拍了拍沙发道："来，儿子，坐。"

我坐在了母亲身旁，母亲哭了出来，依旧重复那句话："怎么会这样呢？怎么会这样呢？"

我安慰母亲道："没事的，我不是还活着吗？我也是你儿子。你看，人工智能机器人根本斗不过我，我轻轻松松就用不确定性原理把他们赶跑了！还有我悖论三角的那么多小弟保护我呢，我不会有事的！"

母亲只是叹了口气，便朝里屋走去了。我的父亲依旧在签名。看着母亲的背影，我当时便对着空气大喊道："我们悖论三角，与人工智能势不两立！一定要战胜人工智能，将这帮机器人彻底击溃！"

其实现在回想起来，那天晚上，我的那些异常的行为，完全就是一个重度精神分裂症患者的行为。

母亲的那句"怎么会这样呢？"是多么痛彻心扉的绝望啊！

而当时的我，依旧沉浸在自己的故事当中，我是那个故事中的主宰，我是悖论三角的老大。其实在正常世界中，我只是一个可怜的精神病患者而已，一切都是我的臆想。

第十一章
时间旅行中的纠缠态问题

分裂简史

当晚，我一夜没睡，又开始滔滔不绝地发表我的新理论。

首先，无论你是否相信时间旅行，我都要说，证明昨天的你、今天的你和明天的你是同一个你，这个问题是至关重要的。

人存在的本质究竟是什么？这一直是存在主义哲学探讨的问题。以我有限的学识，尚无法说明萨特的存在主义究竟是怎样的。但或许你们又会想起笛卡儿的那句经典台词"我思故我在"。这句话什么意思呢？笛卡儿是一个怀疑论者，他怀疑一切，甚至怀疑这个世界的真实性。在他看来一切都是值得怀疑的，甚至自我的存在也可以怀疑，但自我正在怀疑自我存在的这件事情是无法被怀疑的，而怀疑便是自我思考的过程，于是怀疑自我存在反而证明了自我的存在，所以我思故我在。

那"思考"又是什么呢？是什么赋予了人类以思考能力呢？如今

的观点认为，一切的思考都来自人的大脑，而旧时的观点则认为人的思考来自灵魂。

假设旧时的观点准确，我们就必须弄清"灵魂"二字的准确含义。

首先，我要引用《现代汉语词典》（第7版）当中对于灵魂的解释：

1. 迷信的人认为附在人的躯体上作为主宰的一种非物质的东西，灵魂离开躯体后人即死亡。

2. 心灵；思想。

3. 人格；良心。

4. 比喻起主导和决定作用的因素。

我们一提到灵魂，首先想到的便是词典中的第一种含义。在旧时代的诸多认知当中，灵魂往往代表着生命体存在的本质。对于灵魂的假说，似乎长久以来无论在东西方的何种文化当中，都有惊人的一致性："附在人的躯体上作为主宰的一种非物质的东西。"

这种默契似乎源自全世界的人在不同的时期，对于来生的渴望，因为有灵魂存在，就必然会有来生。肉体的陨灭，不会导致灵魂的死亡。

因为肉体是物质的，灵魂是非物质的，所以肉体死亡后，灵魂还可以继续存活在这个世界上。这种永生观，在很大程度上促成了大部分宗教的诞生。

另一方面的原因，则来自人类迄今也无法良好地解释人类及生命体意识的来源。

从物理角度来讲，人类的一切意识似乎都来自大脑神经元复杂结构直接的生物放电效应。但这种简单的解释，似乎还是无法令所有人信服，于是直到今天，依旧有大量的人相信意识的基础是来自灵魂的。

所谓"意识的基础"便是把人类意识的来源分为两个部分。

一部分是灵魂，另一部分便是大脑。

假设大脑是一台计算机，一切的运行方式都是物理的；那么灵魂，便是软件，是操作系统。

灵魂统领大脑的一切思想和指令，而大脑负责机械运算和储存。那么问题来了，当大脑死亡之后，灵魂离开了躯体，只剩下某种思想意志的存在，灵魂是否还有记忆存在呢？从这种理论来推导，灵魂是不带记忆的，就像操作系统被单独翻录之后不会携带电脑硬盘里的存储数据一样。这或许从某种程度上解释了"孟婆汤"的问题。人在转世之后，不会带有前世的记忆，但是会保留基本的思想意志，这种思想意志构成了这个人的意识基础。

从这个层面，我们继续推导下去。

昨天的你和今天的你，以及明天的你，到底是不是同一个你？

这个问题，从灵魂存在决定你存在的本质来推导，便要探讨灵魂的同一性问题。

灵魂是意识的基础，基础是永恒不变的吗？不是。若灵魂是一个人的人格，这个人在昨天还是一个好人，今天变成了一个坏人，明天变成了一个不好不坏的人，那么，这三个人是同一个人吗？

我们先暂缓一步，把肉体的同一性放到之后讨论，目下的重点是灵魂是否具备连续性、同一性的问题。

在灵魂决定本质论的逻辑推导下，人的运作逻辑大致如下：灵魂决定意识，意识诞生思想，思想作用于大脑，大脑神经元放电作用于肉体。

那么，一个人人格的转变，究竟是灵魂作用于肉体，还是肉体反作用于灵魂？

肉体是由基本粒子（夸克是其中重要的组成部分，多个夸克由胶子连接在一起，构成强子。其中，强子当中最稳定的是质子和中子，质子和中子组合成了原子核，原子核和电子组合成了原子，原子组合在一起构成了分子）构成的，是一个纯粹的物质实体。这个物质实体之于人的作用，是用来感知周遭的客观世界的。唯物主义的论调依旧是：周遭的客观世界给肉体这个物质实体主观反馈，这些反馈综合在一起形成了我们的意识。这就很像德里克·帕菲特在他的《理与人》中得出的结论，他认为自我只是我们的肉体在客观世界中运行所产生的幻觉，由于自我并不存在，所以死亡也就没什么可怕的了。

话题进行到这里，似乎又陷入了机械唯物主义的僵局。不过别忘了，在目前的推导过程中，我们是假设灵魂存在的，没错，只是一种大胆的假设。

在这个大胆的假设当中，肉体感知世界，由于肉体本身的物化的欲望，反噬了灵魂，那么，控制肉体的究竟是灵魂，还是肉体本身？

这个问题该如何理解呢？

打个很简单的比方：一个正人君子，品行十分好，某天，他喝多了，酒后乱性，在无意识的情况下，把一名女子强奸了。请问此刻究竟该怎么算？

首先注意，是在无意识的状态下。

也就是说，此刻，这个男人的大脑已经完全丧失了主观意志，完全凭借肉体的本能欲望在行事。

此时，肉体的本能欲望，是否应该算在灵魂身上？

也就是说，潜意识和灵魂有关，那么，潜意识当中的阴暗面，应该归在肉体上还是灵魂上？或者说，灵与肉并不是非此即彼的存在，二者皆要承担责任？

再打个比方：一个人，品学兼优，但是步入社会后，看到了太多社会的阴暗面，于是在遭受了一系列挫折后，他产生了报复社会的想法，并且付诸行动。

此时，是这个人的肉体，在客观世界接触到了一系列的主观反馈，影响了他的灵魂，继而影响了他的行为。

归根结底，灵魂是被肉体所接触到的东西所影响的，这很显然是肉体在影响着灵魂的改变。

肉体和灵魂就这样形成了作用与反作用的逻辑关系。

灵魂 诞生 意识 产生 思想 操控 肉体 感知 客观世界 反馈 肉体 形成 主观信息 影响 灵魂

那么，这种循环往复的逻辑关系一直存在，影响着某个人的一生，直到这个人死去，这个过程是连续不断的，只要逻辑关系没有发生中断，便可以看作灵魂的同一性未发生改变。

我们假设人死后灵魂离开了肉体，那么此时此刻，离开肉体的灵魂又是一种怎样的状态呢？

假设一个十恶不赦的杀人犯死后，他的灵魂离开了肉体，此刻，这个灵魂已经丧失了杀人犯的全部记忆，那么，这个灵魂究竟有没有随着记忆的丧失而洗脱杀人犯的黑暗面呢？

这个问题超过了我的想象范围，我无法给出答案。再次强调，以上，仅仅是本人的假设。

接下来，要探讨的，便是肉体的同一性问题。一直以来，流传着这样一种说法，人从出生到成年，身体的细胞全都被更换了一遍。首先，我不确定这种说法的可靠性，因为我毕竟不是生命科学家，也不从事相关方面的任何研究。我们假设这种说法是成立的，那么，五岁的你和十八岁的你是不是同一个你这个问题，就变得尤为重要了。

而这个尤为重要的问题，我已经通过之前的论证解决了。我们已经证明了灵魂的同一性，而肉体的连续性证明了肉体的同一性。此时，灵与肉均保持着同一性的状态，那么五岁的你和十八岁的你自然是同一个你。

但事情真的这么简单吗？

我们假设时间旅行已经存在，十八岁的你回到过去，遇到了五岁的你自己，那么十八岁的你和五岁的你，在相遇的时候，还是同一个人吗？

这便是时间旅行中的纠缠态问题。

首先，要解释纠缠态到底是什么。

纠缠态，也就是量子纠缠态。将两颗粒子进行量子纠缠，那么，这两颗粒子即便相隔几万光年的距离，也可以相互干扰，相互随着各自性质的改变发生相同的变化，并且变化是同时的且自旋方向总是上下相反的。打个并不恰当的比方，就是你将两个杯子进行量子纠缠，一个杯子在北京，另一个杯子在上海，你在北京的杯子口朝上，上海的杯子口一定朝下。

如果是人与人之间发生量子纠缠呢？

你和过去及未来的一系列时间线中的你自己，互为纠缠态，具备相互干扰性（之后简称为"相干性"）。

你和其他人，也可能在某种情况下成为纠缠态。这种人与人之间的纠缠态，在纠缠性上，并不体现在物理层面的变化。比如，我和你是纠缠态，某天你出了车祸断了一只手，我的手并不会跟着一起断掉。但是，你断手之后的情绪可能会被我感知到。你哭，即便我和你相隔万里，我也可能会即时地感应到这种情绪，跟着你一起哭。所以，很多时候，你莫名其妙地生气，莫名其妙地失落，并且你自己都找不到缘由，那很可能根本不是你的情绪，你只是被和你成为纠缠态的人的情绪影响到了。

外祖母悖论，经常看科幻片的你们一定对这个悖论很熟悉。那就是你穿越回过去，在你母亲出生之前杀了你的外祖母，你的母亲不存在了，于是你也不存在了，那么到底是谁穿梭回去杀了你的外祖母呢？

从决定论的角度来讲，你的存在已经是一个被决定好的事情，所以没有任何行为能够干预到你已经存在并且延续至今的事实。所以，你回去杀掉你外祖母的行为，会被一系列的力量阻止，你无法完成这种行为。

似乎决定论最能够平稳地解释人的连续性导致的同一性的问题，因为在这种情况下，因与果之间的连续性是没有发生任何中断和改变的。

若从非决定论的角度来讲，我成功地利用时间旅行的方式在母亲诞生之前杀了外祖母，便会出现两种时空假说。

在第一种假说里，我在杀掉外祖母的一瞬间消失了，时间线发生了重大的重置，关于我的一切都在这个世界上荡然无存，就好像我从未出现过。而杀掉外祖母的凶手也就是我，在外界看来这成了一个谜，外祖母的死亡成了时间线上的一个无头迷案。

在第二种假说里，我杀掉了外祖母，但是我还存在。在我杀掉外祖母的一瞬间，诞生了一个平行世界，在平行世界当中，我的外祖母死掉了，而在我本来应该存在的时间线当中，我的外祖母依旧活着。

第二种假说，可以看作决定论的一种。时间线为了修正因果关系的错乱，强制分出了一个平行世界来容纳这种错误，以保证时间线主线的正确性。

我倾向于相信第二种假说，因为时间线承担不起重置的代价。

假设有这样一种场景，你特别喜欢一个人，而这个人现在已经是别人的老公了，你有很多话想对这个人说，但你知道，在目下的条件下，你根本无法和这个人面对面交流。于是，你选择时间旅行，回到过去，在过去的某一时段，约这个人吃了一顿饭。但你觉得这顿饭似乎不够，因为你有很多很多话想对他说，于是你反复地逆转时间，那顿饭你们吃了无数遍，你对他说了无数的话。可是，对他来说，那顿饭只吃了一次，就是时间线主线上的那一次。其他的，全都发生在分支出来的平行世界中。不过你不必失落，根据纠缠态理论，这些平行世界里发生的对话，很可能会以梦境甚至记忆的形式出现在他的脑子里。

所以，通过我以上的论证，我们依旧回到了决定论的观点，那便是时间上因果律的恒定不可变性。

第十二章

涡轮交换机

分裂简史

那段时间，我对我家的马桶产生了兴趣。我家一共有两台智能马桶，一台在外面的主卫生间，另一台在我的主卧的卫生间内。因为我发现，每次我的父母进入卫生间，马桶发出冲水声后，他们走出来就像是换了一个人。于是，那段时间，我猜测我的父母通过家里的马桶换了好几轮。或许，我家的马桶是一台时光机？而我不同时间线的父母，通过这台马桶时光机换来换去。当时，我感觉我的家就像是宇宙的中心，而我的父母们，以我家的马桶为圆心，不停地交换，目的就是保护我。

我很想去看看他们使用马桶时光机的过程，但是我不能看到这个过程，在我真正发明出时光机之前，我是不能看到已经成型的时光机的运作过程的，否则，就会导致因果关系发生紊乱。我必须是时光机制造出来的那个纯粹的因，这个因不能受到果的污染。

随着我的父母们不断地用马桶时光机换来换去，我已经分不清他们分别来自哪个时空或者哪条时间线了，最后我也懒得去分清楚了。但是，我坚持一个原则，他们都是我的父母。

那天晚上，我盯着马桶看了很久，不断地看着马桶虹吸抽水的过程，突然有了灵感。

倏地，我的脑子里闪过了和杨雪然的对话——

杨雪然道："你知道吗？你是从《金蝉脱壳》里获得的灵感，这部电影是你的小弟们专门为你拍的，目的是启发你。"

我道："我没看过这部电影。"

杨雪然道："你应该看看，而且得开倍速看，这部电影里隐藏着你的三大发明。"

我道："我的三大发明？"

杨雪然点了点头道："涡轮交换机、便携式手表时光机、手表瞬移机。得开极高的倍速才能看见！"

虽然我已经通过看马桶的虹吸过程，想出了涡轮交换机的运作原理，但是为了不辜负小弟们的一片苦心，我开始打开电脑，点开了《金蝉脱壳》。

刚准备看，我的父母就过来说："要不出去散散步吧，散完步再回来看。"

我说:"好啊。"于是将电影暂停,和父母一起走出了家门,然后朝小区的东门走去。东门是一扇小门,从这扇门走出去之后,外面是一条马路,马路对面是湿地公园。

当天,小区里有很多人在散步。

有一个小朋友,驾驶着玩具车。那车突然发出"咔嗒咔嗒"的机械声,我被吓了一跳,心里咯噔一下,因为在我的想象中,这是人工智能的声音!

我对父母道:"走快点。"

我们快步走出了东门,来到了外面的马路上。路边的人行道上停着一排共享单车,我的母亲道:"很久没有骑自行车了,想骑一下试试看。"

于是,我的父母开始研究如何扫码启动共享单车。

我当时心想,果然,他们是从别的时空来的,不知道如何启动共享单车,为了进一步试探他们的能力,我道:"要不你们用念力启动?或者用肉眼扫描二维码启动?"

我的父母只是诧异地看了看我,继续用手机试着扫码,想要启动共享单车,但是那辆共享单车怎么也启动不了。

这时,马路上有一辆又一辆的车经过,我怀疑这些司机全都是我的小弟。为了验证我的想法,当时我做出了一个非常危险的行为,那就是突然跑到马路中间，伸出手拦车，只要车会停，就说明开车的是我小弟。

很快，迎面有一辆银色轿车飞速驶来，我伸出手，但是车并没有停下来，还在飞速地向我撞来。

我心想，难道不是我小弟？那就得使用原力了。

于是，我将右手用力，试图将原力发射出去。只见那辆银色的车越来越近，即将撞到我。我的父母立刻冲过来，将我拉到了一旁。

那辆车飞速地从马路上开了过去。

现在回想起来，当时真的是惊险，要不是父母及时将我拉开，我已经被那辆车给撞死了。

开过车的一定知道，当车子开远光灯的时候，在黑夜中，是很难看到站在面前的路人的。所以，当时那个司机多半没有看到我。

我的父母拉着我，回到了小区内，我们围着小区转了一圈。我感到行走的时候，我的相对速度时快时慢，我当时想，应该是我的小弟在调整我的相对速度。当迎面有人过来的时候，他们就会将我的相对速度调慢，这样这些人就能看清我了，他们全都是我的粉丝。

转了一圈，回到家，我一头扎进书房，开最高倍速看《金蝉脱壳》。但是，我感觉最高倍速的速度还是不够快，于是对着空气喊道："加速！"

随后，画面果然变得更快了。

但很快，我还是觉得慢，于是大喊道："再加速！"

画面继续变快。

为了证明我能够看见画面，我一边看，一边飞速地将字幕念了出来。

在我一再要求加速下，我感觉最后，我已经达到光速了。我具备高速眼动的能力，我的眼睛能够看极高速的画面。

随着快速眼动，我身体上的粒子也跟着加速了。

我感觉自己以接近光速的速度看完了《金蝉脱壳》，果然在电影中看到了疑似我的三大发明的提示。

我站起身来，快步走到客厅里。和我想象当中的光速状态不一样，我看到周围的画面都是正常的，但唯有时钟上的时间静止了，很长时间一动不动，周围变得格外安静。

这种状态大概维持了十分钟，我身体粒子的速度终于降了下来，时钟开始走动，一切回归正常。

现在回想起来，我当时已经精神异常到了对时间产生了错乱认知的地步，于是产生了这样离奇的幻觉。

我开始在空中画时空坐标系。

我的时空坐标系，跟现在已知的时空坐标系不同。

百度百科记载的现在已知的时空坐标系，是由长度、数量、温度和时间组成的。而我的时空坐标系，更加受到闵可夫斯基空间的影响。闵可夫斯基空间，是由三维空间加上一维时间所构成的四维时空，爱因斯坦的四维时空观正是在这个基础上构成的。但是，闵可夫斯基的时空坐标系，只有位于三维直角坐标系第一象限的正时空；而我的时空坐标系，拥有位于三维直角坐标系第三象限的负时空。即，时间轴由第一象限正时空穿过时空坐标系的原点，来到第三象限的负时空，此时时间为负。

三维坐标系和二维平面直角坐标系的不同在于，三维坐标系，除了 X 和 Y 轴，还有一条横向穿过原点的 Z 轴。

而我的时空坐标系，还有一个象征时间的 T 轴，由正时空贯通到负时空。

需要一个相对的匀速运动，使正时空向负时空交换，实现时空逆转。

那就得让第一象限的 X、Y、Z 轴和第三象限的 -X、-Y、-Z，以原点为中心，旋转起来。

由于要实现时间的逆转交换，所以正负时空，均以顺时针旋转，因为数学上，顺时针角度为负。

回到过去，顺时针旋转。

前往未来，逆时针旋转，因为逆时针旋转为正。

由这个数学模型到物理运动的方式，可以推导出一个形象的实体模型。假设有两个旋涡，顶角相对，都以顺时针旋转，这时候整个模型的形状看上去就像是爱因斯坦－罗森桥。通过这种运动方式，只要找到了合适的转速，就能够打开虫洞，实现时空交换。

我想，这也就是我家里的马桶时光机的虹吸原理，通过虹吸效应，实现时空的交换，马桶便是涡轮交换机。

当时的我，由于精神异常，想出了一套科学界完全没有的涡轮交换机模型，甚至已经对自家智能马桶是时光机这件事情，深信不疑。

第十三章
瞬间移动与人工智能

分裂简史

当晚，我开始进行总结。第一大发明，涡轮交换机的原理和模型已经想出来了，两个顶角相对的涡轮机，同时顺时针旋转是回到过去，同时逆时针旋转是去向未来，具体的转速问题，需要在进一步的实验中解决。

　　我能够想象出，涡轮机在日后的实际应用中，是可以和量子纠缠技术结合的。比如将 A 时空的马桶和 B 时空的马桶进行量子纠缠，而后通过便携式设备主动调整马桶冲水时水流的转速，达到打开虫洞的固定值，使用者只需要将一只脚放入涡流中，就会被吸进去。当然，既然是叫涡轮交换机，自然涉及交换原理。两个时空各需要一个人进行交换，同时进入各自时空端口的涡流中，实现时空的等量代换。调节转速的一方，决定了涡流的顺时针和逆时针，即决定了自己是前往过去还是未来，而负责交换的一方则根据设定方的设定被交换到相反的时空。例如，A 启动了涡流是顺时针旋转的，那么此刻 A 就是回到过去，同时在过去的某个时空 B 进入涡轮机，实现 A 和 B 的时空交换，对 A 来说是回到过去，对 B 来说是去到未来。反之亦然。

第二大发明，其实是我最早想出来的，便是基于相对负时间原理的便携式手表时光机，只需要佩戴上这种手表，设定好相对时间，然后找准地球的公转方向，与地球同向而行，便可以实现逆转时间。这种手表还可以直接调整一个人的相对速度。

我能够想象出，便携式手表时光机在具体运用的时候，当使用者由正时空前往负时空的时候，在正时空的人看来，使用者是一种倒行的状态。这就类似于诺兰的《信条》当中的时间旅行者的倒行状态，只不过《信条》中提到的原理是热力学原理的熵增和熵减，与我的相对负速度原理无关。

接下来，我需要想出第三大发明，那便是瞬间移动的原理和模型。

很快，我想到了。瞬间移动，无非就是时空的折叠原理。假设时空是一张纸，在 A 点和 C 点之间有个 B 点，你画一条直线，从 A 点到 C 点必须经过 B 点，那么假设此时这张纸发生了对折，A 点和 C 点重合，那么就可以直接从 A 点穿梭到 C 点，实现瞬间移动了。

要怎么完成这一点呢？

这涉及时空坐标系的设定。假设我们将 A 点设定为一个时空坐标系，C 点也设定成一个时空坐标系。

假设，在客观现实当中，我从 A 点到 C 点，步行需要四个小时，那么，我们就将 A 点的坐标系时间全部调快四个小时。如何做到这一点？可以用量子纠缠技术，一瞬间将 A 点所有的时钟调快四个小时。同时，A 点和 C 点两个时空坐标系，保持量子纠缠的状态。A 点的时间比 C 点快了四个小时，那么在位于 C 点的人看来，我已经用了四个小时抵达了 C 点。于是，A 点和 C 点实现了量子纠缠态的时空重合，我便直接绕过了 B 点，瞬间移动到了 C 点。同样，我们中国的时间，比美国的时间，一般情况下快十二到十三个小时。这时，我们就不需要调整中国时间了，只需要将中国作为一个时空坐标系，美国作为一个时空坐标系，两个时空坐标系发生量子纠缠。此时，如果我们是步行的，我们无法瞬移到美国，因为你走十二到十三个小时，是到不了美国的，所以需要在飞机上，将飞机作为客体，以飞机的速度作为瞬移条件，由于飞机的速度十二小时左右可以抵达美国，又由于中国时间本身就比美国时间快十二到十三小时，按照之前所述的纠缠态时空重叠原理，便实现一瞬间从中国抵达美国。简单来说，瞬移的距离，取决于客体本身的速度，客体本身速度越大，可瞬移距离越远。

就这样，我胡思乱想出了这套精神异常的理论。

我坐在书房里,播放着《以父之名》,对着台灯那里某个我想象出来的摄像头,滔滔不绝地讲述着我臆想出来的理论。但是当时,我认为这些理论都是真的,于是一本正经地如同给人上课一般对着空气讲述。

我想象着监视器屏幕前挤满了名人,其中站在最前面的三个人,一个是围棋世界冠军罗杰(化名),一个是某英语培训机构的董事长邹洪(化名),还有一个是人工智能专家,某互联网公司的总裁王川(化名)——我们虽然痛恨人工智能,但这并不妨碍我们将人工智能专家挖过来,事实上,我希望他们挖来更多的人工智能专家,因为这些人加入我们,总比加入敌方势力量子会要强。站在他们身后的,还有著名科幻作家刘基(化名),某知名文化访谈类节目主持人许元(化名)。而我的初中同学,我的好兄弟,真正的汪航则站在他们之间,手里拿着一台平板电脑操控着什么。站在汪航旁边的,也是我的好兄弟唐方(化名)。

我向他们讲述自己的理论,而后,我深吸了一口气,突然想到那本《相对论》中,有一节,叫"寻找第二个爱因斯坦"。

十道趣味问题:

在一封来自美国普林斯顿大学的电子邮件中,十道没有标准答案的物理题将会激发人们的想象力。

无论你是否喜欢科学,我都希望你有强烈的好奇心。

"好奇心"是产生下一个爱因斯坦的基础。

1. 我想要拥有一个彩色的影子。每一个人都有自己的影子，而且是独一无二的，在大家的印象中，影子永远是黑色的。不过，世界上有没有彩色的影子呢？你是否能够为自己制造出一个彩色的影子呢？

2. 制作自行车里程计。每辆汽车上都装有里程表，我们能否为自行车设计一个里程表呢？使用什么装置才能够把自行车车轮的转动次数记录下来，然后转换成公里呢？

3. 制作一个测量液体密度的杆秤。在我们的生活中，许多商品的质量和它们的密度有着紧密的联系。如果有一个杆秤和一些小配件，如何才能简单地测量出液体的质量呢？

4. 制作一个太阳灶，使它不会受到太阳位置变化的影响。虽然太阳能是无污染的可再生能源，但使用太阳灶对物品加热会遇到一个大麻烦，那就是对太阳灶来说，太阳的角度不是恒定的，而是不断变化的。是否能够制作出一种新型太阳灶，让它不受太阳位置变化的影响呢？

5. 设计一套家庭节水方案。淡水资源是非常珍贵的资源，每一个人都应该学会节约用水。作为家庭中的一员，你能否想到一个节约用水的好方法呢？

6. 设计一个生活垃圾分拣和回收方案。在日常生活中，我们会制造大量的生活垃圾，有些有毒物质会对环境产生不利影响，是否可以根据各种垃圾的不同物理性质，设计出一个分拣垃圾的装置，不仅可以回收有用物品，还可以妥善处理有毒物质呢？

7. 设计一套主要使用太阳能的环保型家庭能源方案。现代人不仅想要环保，还不想过原始人的生活。那么一个现代家庭是否可以仅仅依靠太阳能来生存呢？

8. 设计一个自动关门的装置。在不使用电机和弹簧的情况下，如何才能把开门的能量部分保存起来用在关门上呢？

9. 用发光二极管制作一个无须使用电池的手电筒。发光二极管不仅发光效率高，而且寿命长，是一个很不错的东西。现在，让我们设计一个无须使用电池的新型手电筒吧！

10. 设计一个调整吊车立柱高度的方案。你是否注意过建筑工地上的吊车立柱？它的升降有着深奥的秘密。现在，请你根据相关知识设计一个让它随意上升或下降的方案。

我道："你们都是各个领域的大牛，你们会如何回答这些问题呢？给你们十分钟的时间，一个问题一个问题地考虑。"

十分钟后，我说："其实这些题目是在告诉我们，这些东西在未来都会出现！很有可能就是我们悖论三角发明了这些东西！"

我接着道："我要发明光速飞船！速度越大质量越大，质量越大能量越大，能量越大动能越大……"

我想象着科幻作家刘基道："可以用曲率推动。"

我道："曲率推动也是一种方式，但是，要产生空间曲率来推进飞船，实在是太难了，我有一种更简单的方式……可以让飞船的速度无限地接近光速，那就是粒子的加速。让飞船的粒子速度加快到无限地接近光速——根据爱因斯坦的相对论，粒子加速最大只能无限接近光速，永远不可能达到真正的光速——这个速度已经足够了。甚至，光速飞船可以是一件实现粒子加速到接近光速的衣服，穿上之后，人就可以像闪电侠一样飞速行进了！"

演讲累了，我走出了书房，回到自己的卧室坐在了床上，面对着窗户，我突然看到正对面七楼的窗户亮了，里面有一个穿着红衣服的人，手握一台摄影机，正在对着我的房间摄影。

今天我刚刚想出了涡轮交换机，就有人在我房间窗户正对面的房间对着我的房间摄影。我对着空气当中我想象出来的小弟喊话："你们看到了吗？就是那个人，就在我房间的正对面！什么？你们看不见？看来他使用了先进的屏蔽技术，能够有这种技术的，不是一般的狗仔队，而是人工智能机器人！"

我立即伸出手，隔着玻璃，向对面释放了强大的念力，只见对面那个偷拍的人工智能机器人被我定住了。

其实现在回忆起来，那只是我的幻觉而已。

我向着对面喊话道："我是先知！你的技术只能屏蔽到宗师一

级，我比宗师更高级！所以，我能够看到你！"

我疯狂地向对面隔空施放念力，那个偷拍贼被我持续定住，一动也不能动。

我对着空气喊道："快过去，快派个高手过去，不用怕，我已经把这个人工智能机器人定住了，他现在不能动，过去用你们的技术，把他绑起来！绑起来后，就把他立在窗前，不要搬走，我要每天用念力折磨他，让他记住，我根本不怕人工智能机器人！"

几分钟后，我看到一个白衣男子出现在了那个房间里，我猜那个男子就是我的小弟，只见白衣男子将灯关掉了。

其实后来，我用正常思维去理解，那个白衣男子根本不是我的小弟，而是住在对面那屋的业主或租户而已。

天渐渐亮了起来，我依旧站在那扇窗前。我看到那个人工智能机器人已经被绑在了对面。我继续对他施加念力，持续拷问道："你到底是谁？是谁派你来的？你是不是量子会的人？"

但是，那个人工智能机器人根本不回答我。

我实在怒不可遏，走到客厅，站在大阳台的窗前，继续对着他施放念力，继续拷问道："是量子会派你来的，对吗？回答我！回答我！"

这时，母亲从房间内走了出来，问我在干什么。

我指了指对面的那扇窗户道："那个房间里，有个人工智能机器

第十三章 瞬间移动与人工智能　　167

人，不过放心，他已经被我的小弟绑起来了，现在对我们没有威胁，我正在用念力审讯他！"

母亲看了看对面，道："儿子，我什么也没看到啊。"

我指着那扇窗道："你再仔细看看？"

母亲认真地朝着那扇窗看去，依旧说："我还是什么都没看到。"

我深吸了一口气道："果然是人工智能的技术，连宗师都看不见！"

母亲的眼圈几乎红肿了："儿子，你妈是肉眼凡胎，不是什么宗师。"

我没有理会母亲，而是继续对着对面的窗户施放所谓的念力，我已经气喘吁吁、满头大汗了。

这时，我感觉到有一股力向我打了过来，我怒骂道："妈的！还敢反击？看我不当面审问你！"

我立即冲出家门，来到了对面楼。对面楼的楼道门是关着的，但是刚好有人从里面出来，打开了门，我便直接走了进去，而后顺着电梯来到了七楼。我重重地敲了敲701的门，只听到里面有脚步声，人似乎走到了门口，我又重重地敲了敲门："开门，给我开门！"

只听到里面的人立刻扔下手里的东西，逃跑了。

我继续用力敲门："开门！给我开门！"

但是，没人开门。

我站在走廊里，对着空气大喊道："来人啊，是我的小弟就不要怕，全都给我现身！快现身！快来啊！和我一起上！我还是不是你们的老大？叫不动你们了对吧？"

但是，没有一个小弟出现。

这时，我的脑子里闪现和杨雪然的对话——

杨雪然道："那天我们都在监视器前看着你，那些名人全都在看，你说你怎么那么冲动，像黑社会一样，上门捶别人的门？"

我道："哪天啊？"

杨雪然道："就是那天啊。哎呀，你现在还不知道，这件事情发生在未来。你知道你的小弟们为什么没出现吗？你的小弟说：'这是老大的反向逻辑，他越是让我们上，我们越是不能上。'其实那俩，我觉得他们就是怕，他们害怕人工智能机器人！不过，经历这次事情的时候，你亲自出马，而不是龟缩在家里，面对的还是人工智能机器人，你的小弟们都挺服你的，都更加愿意追随你了。"

对话一闪而过，我见持续没有小弟出面，我又打不开那扇门，便转身进入电梯离开了，回到了自己家里，而后继续对着对面的人工智能机器人施放了一会儿念力，结束后我走进书房休息了。

大约到了中午，物业的楼管来敲门，我母亲去开门。

我听到物业楼管问："上午你儿子是不是出去过啊？"

我母亲撒谎道："没有啊，他一直在家里。"

楼管道："哦，是这样的，对面701，有人砸他家的门，我们调了监控，发现那个人有点像你儿子。"

我母亲很镇定，道："他现在就在家里，要不你进去看看？"

楼管道："啊，不用了不用了，我相信你儿子是业主，业主不会干出这种事情来。不过要是有人来捶你们家的门，记得及时联系我们。"

母亲道："好的好的，谢谢你们啊。"

随后，母亲把门关了，走进书房问我："你早上是不是去砸对面的门了？"

我道："是啊。"

母亲道："你不怕别人开门打你？"

我道："我怕什么？不就是人工智能机器人吗？我是先知！人工智能机器人应该怕我！你知不知道，当时里面有个人准备来开门，应该是感受到我的原力了，吓得直接瞬移跑掉了。那个人当时应该是在用吸尘器清洁地板，那台吸尘器就是一台瞬移设备！"

母亲沉默。

紧接着，我问："我那个太空来的爸爸去哪儿了呢？"

母亲道："哦，他今天回去请假了，明天过来。"

我道："哦哦，回太空去了啊。我说妈，你也得好好练练你的眼力，要不然以后该怎么一起上太空，打人工智能机器人啊？"

母亲无奈地摇了摇头道："儿子，回到现实吧！我们只做我们力所能及的事情，别的不关我们的事，不要多想！"

我道："不行！我已经发过誓了，有生之年，一定要战胜人工智能机器人！"

第十四章
荣格与柏拉图

分裂简史

当天下午，城市下起了暴雨，我继续在书房里对着那些我想象出来的名人高谈阔论。

以我的学识水平，尚且无法从哲学史的角度来纵向区分唯物主义和唯心主义，我所做的只有横向的，且局限于我个人对唯物主义和唯心主义的理解。

我想从一个有趣的论点开始，那便是有神论和无神论。

在中国，似乎有神论就是唯心主义，无神论就是唯物主义，这实际上是彻底搞错了唯物主义和唯心主义的基本概念所导致的。

唯心主义，分为主观唯心主义和客观唯心主义。主观唯心主义认为个人的主观精神派生出外部的世界的一切事物，外部世界是主观精神的显现。而客观唯心主义则认为客观精神是独立于物质世界而存在的，物质世界是客观精神的外化，最典型的便是黑格尔的绝对理念。也就是象征精神的理念世界是第一性的，物质世界是第二性的。

唯物主义，说得通俗一点，就是这个世界的一切都是由物质构成的，而精神只是物质世界发展到一定阶段的产物，是生命体认知客观世界时所产生的主观映象。人和任何生命体都是物质实体，全面否定了灵魂的存在。物质在这里是第一性的，精神是第二性的。

所以，当我们探讨有神论是不是唯心主义的时候，的确需要从这个"神"的性质说起。

我们假定有一个神存在，这个神是符合实际存在的原理的，并且有种种迹象表明他的存在，那么他是否存在这个问题，就具备了科学的逻辑推导性，这便是唯物的推导。

如果我们假定有一个神存在，这个神是纯粹幻想出来的，没有任何迹象表明他的存在，仅存于幻想当中，那么他是否存在这个问题，暂时就没有科学推导性，这便是唯心的推论。

所以，唯物主义和唯心主义并不是单纯从有神论和无神论这里区分那么简单，任何问题都需要辩证地去看待。

我们还是先不要扯到神这种虚无缥缈的事物，我们可以讨论一下相对于神没有那么虚无缥缈但更接地气的存在。

那便是鬼。

鬼到底是一种什么东西？多数情况下，他是人类假想出来的产物。但若有一天，我们真的发现了鬼，证明了鬼的存在，那么鬼到底是唯心的还是唯物的呢？

话题由此可以回到神上面。

从否定之否定原则来谈，在中世纪的很长一段时间里，人类是相信神创论的，无论东西方，都虚构出了属于自己文化体系的神明。

从创世神的角度来讲，中国有盘古开天地、女娲造人；西方有耶和华、宙斯等等。

一开始，我们肯定造物主的存在，然后不多久便否定了造物主的存在，一直至今。没准有一天，我们从客观物质层面推导出了造物主的存在，甚至是直接发现了造物主，那么，造物主的存在被用"物种起源"相同的逻辑推导方式得到了肯定，于是出现了"否定之否定"等于肯定。

一开始的否定，是从唯心主义角度将人们纯粹幻想出来的神彻底否定。之后的肯定，则是从唯物主义的角度逻辑推导出了神的存在。

这些都是相对较为符合"否定之否定"的原理的，也和历史的螺旋上升模型有相似性。

无论哲学还是科学的发展，都是在螺旋上升的，中间有所反复，但整体是呈上升趋势的。而这个整体上升的趋势，也正是不断地接近真相或真理的过程。

而认识真理，是一种认识论的问题，提到认识论，就避不开"先验"。

那么"先验"是否存在呢？先验是认识真理的工具。我们或许无法找到绝对真理，但是相对的真理是否能够被我们寻找到呢？

"先验"分两种，我大胆地将其分为唯心主义先验和唯物主义先验。

唯心主义先验，是以柏拉图为起源的——尽管先验这个概念出现得比较晚，起源于康德，但我认为更早之前，柏拉图的理念也是符合先验的。柏拉图相信，人一出生就对某些事物有着先天性的经验，后续对某些知识的学习也不过是一种再发现，是一种回忆。说得通俗一点，其实你本来就会，只是学到的时候发现自己刚好真的会。康德的先验（注意，"先验"这个词来自康德）意思是"先于经验"，康德认为，我们所接触到的外在的一系列的杂多（"杂多"这个词也来自康德，是一个很复杂的词，简单理解就是指人类对外界感知所形成的一系列杂乱的虚无的表象）以感觉材料的形式表现出来；而先验，便是一种先天的形式，将这些杂乱无章的感觉材料以大脑中固有的先天形式进行加工，形成知识。所以，这种先天形式和后天经验结合起来，才构成了人们对知识的认知。

而唯物主义先验，便是指你在没有接触某项事物，或者从未去过某个地方，但自己通过学习，查资料，再结合日常生活中的个人认知和积累，所提前产生的某种经验。

多数排斥唯心主义哲学的人是相信唯物主义先验的，因为这非常符合人们习以为常的客观形式逻辑推导性。

而唯心主义先验，似乎是必然要遭到批判的，因为在现行的一系列的哲学或科学思想看来，人怎么可能从一出生就具备某种类似于"出厂设置"的设定呢？这的确是不足以为信的吗？

我突然想到的，便是荣格的"集体潜意识"理论。荣格相信，人类的意识是具备某种遗传性的。这种从祖先那里一代一代遗传下来的意识，通过漫长的时光的积淀，形成了人类共有的一种潜意识状态。

这种潜意识状态和柏拉图的先验或许并不完全相同，但是存在着某些共通性。

比如，人类的审美观，在某一特定的时期，某一片大的区域，是有某种趋同性的。这种审美观似乎并不是后天影响的结果，因为你会发现，就连一些刚刚学会说话的孩童，都会具备与成年人相似的对人的基本审美观。当然，我的这个比方必然缺乏大面积的调查取证，是不足以为信的。

但是，我们在片面地否定柏拉图或荣格的时候，我们的否定方式是否足以为信呢？

我们的否定方式很简单，似乎从一开始就是否定的，这种否定来源于我们这一时期的人类所长期接受的唯物主义思想的驯化。

意识怎么可能遗传呢？知识不是后天学习才能获取的吗？怎么可能会有先验呢？因为灵魂是不存在的，所以以上的事物都不存在。

这便是我们否定唯心主义哲学所惯用的一种方式，你会发现这种方式十分简单，如剃刀一般将自己不信的东西彻底毁灭和剔除，十分简单地将柏拉图和荣格打入冷宫，却缺乏严密的调查与论证。

为了统一唯心主义和唯物主义，在某一时期，便有了二元论的诞生。二元论并非纯粹的唯物主义，也并非纯粹的唯心主义。当然，在不同的派别上，二元论也分为唯物主义二元论和唯心主义二元论。

传统的唯心主义二元论，强调这个世界是由精神和物质共同构成的。精神和物质是两个相对独立的实体，也就是说，精神可以完全独立于物质之外。

传统的唯物主义二元论认为，世界的本原是由物质和运动构成的，这被称为辩证的唯物主义。

而我所认为的唯物主义二元论（注意，是我认为的，不是大众观点），物质是这个世界的核心，精神只依托于某些物质而存在，比如灵魂是依托于人的肉体，赋予肉体以意识的存在，但精神并不是构成万物的物质，如同光一样，可以将其理解为某种粒子态。

我所认为的唯心主义二元论认为（注意，是我所认为的，不是大众观点），精神是这个世界的核心，物质是依托于精神而存在的。

这就很像量子物理当中对粒子性质的确认，粒子的性质是在被观测到的一瞬间得到确定的，此处似乎是意识或精神的介入确定了物质的形态。

这两种我所认为的二元论，实际上是一种"心物主义"，是以笛卡儿最早提出的"心物二元论"为基础推导而成的。

纯粹的机械唯物主义推翻了以上的一切，似乎在现代社会，起码是在我所处的现代主流社会，正是如此。而某些时候，这个社会所理解的唯物主义，正是机械、偏执与狭隘的。真正的唯物主义，应该如传统的大众所认知的二元论的唯物主义一样，是辩证的，并不应该和唯心主义彻底二元对立，甚至可以说，唯物主义脱胎于唯心主义，二者并不是非此即彼的状态。

第十五章

人工智能猜想

分裂简史

当天晚上，吃过晚饭，我感觉自己的大脑再度被升级了。我突然发现自己能够进行"意念拍照"，那就是我冲着眼前的画面眨一眨眼，这画面就如同照片一样储存在我的脑子里，我可以随时调出来查看。

我对着空气中看不见的摄像头，冲着我的小弟们兴奋地提到这一点。

随后，我又发现自己多了一个能力，那就是，当我看一个物体的时候，我只看到这个物体的一个平面，却能够在脑海里将这个物体3D立体还原。我惊呼起来："天哪，我感觉自己就像人工智能机器人一样！可以只看物体的一个平面，就能够自动脑补出这个物体其他的面，然后在脑海里形成一个可以三百六十度旋转的3D立体图形！"

突然，我像是感应到了什么，我感应到摄像头对面，监视器前，人工智能专家王川分析道："意念拍照？3D立体还原？这些全都是人工智能机器人的能力啊，只有人工智能机器人才具备这样的能力！"

紧接着，一旁的围棋大师罗杰说道："是啊，他这么了解人工智能，又具备人工智能机器人的能力。如果一个东西看上去像是鸭子，叫起来也像鸭子，那么，它就是鸭子！"

某英语培训机构的董事长邹洪道："对呀！那说明他很有可能就是一个人工智能机器人！"

我当时并没有在意这些，只是到第二天上午，我的母亲突然将一杯水放在我面前，让我喝水，我喝了。

过了半个小时，她又将那杯水放在相同的地方让我喝，我又喝了。

又过了半个小时，她将那杯水再次放在了相同的地方让我喝，这次，我急了："你在干什么？你在对我进行服从性测试吗？我告诉你，这套测试是用来测试人工智能机器人的！你在对我发指令！这次我不能听你的，因为我不是人工智能机器人！"

母亲立马拿起毛巾，对我说："来，儿子，你出汗了，我给你擦擦汗！"

我伸手将母亲拿毛巾的手推开，愤怒道："是悖论三角的人派你来测试我的对吧？我是他们的老大，他们却不信任我！他们是不是怀疑我是个人工智能机器人，专门派你来测试我？"

母亲道："儿子，什么人工智能机器人，妈妈听不懂，你一晚上没睡觉，我只希望你能够尽快去睡觉！"

这时，我的脑海里再次闪现和杨雪然的对话——

杨雪然哈哈大笑："什么你妈妈测试你是不是人工智能机器人啊？你想多了。是你的六个老婆，想见你。"

我一脸茫然："怎么又扯到那六个老婆了？"

杨雪然道："你的小弟汪航，用心良苦啊，他觉得你每天想理论，搞科研，太辛苦了，怕你寂寞，于是把你的六个老婆全找来了。那天，你们的六个老婆都快为这事打起来了。"

我问："为什么会打起来？"

杨雪然道："她们全都想来找你呗，但是你的小弟汪航说只能派一个人，人多了会打扰到你搞科研。于是你的六个老婆争论不休。但是，她们都害怕你身上的原力，你的原力太强了，所以你妈配合她们，在水里下了药，要将你身上的原力泄掉，这样你老婆才能够放心来找你。"

对话一闪而过，我瞬间明白了母亲的良苦用心，于是哈哈一笑道："妈，你早说啊，早说我不就配合你了吗？来来来，再给我倒一杯水，我多喝一点。"

我主动连续喝了好几杯水，而后说："我这就去房间睡觉。"

当时，母亲以为我正常了，格外开心道："好好好！儿子快去睡觉！"

我回了房间，躺在床上，对着空气喊道："你们别纠结了，要派哪个老婆过来，尽快决定，再不来我就真的睡着了！"

但是，还是没人来。

我接着在床上翻滚："哎哟喂，快来呀，她可以用两种方式过来，一种是直接瞬移进来，另一种是通过马桶时光机穿梭进来。"

但是，迟迟没有人进来。

我有些不耐烦，下了床，走出卧室，穿过走廊，来到客厅，却看到母亲坐在沙发上。

我道："妈，你像个门神一样坐在那里，人家怎么好意思来嘛。"

我母亲一脸懵，道："谁要来？"

我道："你装！你还装！不就是我老婆要来吗？妈，你先出去，你出去了，她才好意思进来嘛！"

我母亲还是一脸疑惑地看着我道："你什么时候有老婆了？"

我道："你还装是吧？我有六个老婆！其中一个马上就要来见我了，你守在门口，她怎么好意思来呢？"

第十五章 人工智能猜想

我母亲还是坐在那里一动不动。

这时，已经到中午了，我对我母亲说："妈，这样，你去买菜吧，我先不睡了，我要吃午饭。"

我母亲点了点头道："好好好，我这就去买菜。"

随后，母亲收拾好行装，拉开门，走了出去。

门一关，我便对着空气高喊道："好了，我妈出去了，快进来吧。别害羞嘛，怕什么？快进来！"

但还是没有人来。

我想，人会不会已经通过我卧室的马桶时光机进来了，现在就躺在床上呢？我立马快步冲进主卧，却发现主卧内空无一人。

看来还是没有来。

我站在房间里，对着空气高喊道："还没有决定好派谁来吗？再不来，我出去了啊！"

随后，我顺着走廊，朝门走去，一边走，一边高喊："嘿，我健步如飞！"

就在这时，我感觉自己的左腿被什么东西电了一下，瞬间麻痹了，随后，我整个身子倒在了沙发前的地毯上。

我躺在地毯上，对着空气喊道："哎哟，你们用量子纠缠技术控制了我的身体对不对？刚才是谁电了一下我的左腿呀？别以为这样我就出不去了！"

我从地毯上爬了起来,继续朝门走去:"我不仅健步如飞,我还可以倒行!"

这时,我感觉自己的右腿被电了一下,一股撕裂般的疼痛袭来,我整个身子倒在了沙发上。我对着空气高喊道:"哎哟,老婆们,饶命,饶命!你们尽快决定好不好?我不逃了!我不逃了!不逃了!怕了,怕了,怕了!"

我在沙发上躺了好一会儿,还是没能等到人进来,于是道:"我还是到床上去等吧。"

随后,我朝卧室走去,这时,我感觉自己的肚子被猛击了一下,整个人倒在了地上:"哎哟,我错了,我真不走,我不会通过马桶时光机逃跑的,我就是回卧室去躺着!"

随后,我一步一步地爬到了卧室里,上了床,继续等待着。

这时,我听到我母亲回来的开门和关门声。

我等了许久,还是没人来,心里得出了一个结论。此刻,我的原力已经被泄掉了,正是人工智能机器人可以乘虚而入的时候。

刚才进来的这个母亲,没准就是人工智能机器人假扮的!

我得出了这个可怕的结论,立马冲进客厅。此时,我母亲坐在沙发上,准备开电视。我一把抓住她的手腕,死死地盯着她的双眼,摆出审讯姿态:"说!是谁派你来的?"

母亲没有回答。

第十五章 人工智能猜想

我握得更加用力:"你是不是量子会的人?"

母亲道:"什么量子会,我不知道你在说什么。"

我观察着母亲的眼神道:"我可以快速眼动,再高速的画面在我眼前都很缓慢,我能够看到你的微表情!你骗不了我!说!你到底是不是人工智能机器人?!"

母亲眼圈红肿,道:"我是你妈!"

我道:"还在伪装是吧?信不信我把你就地正法?"说着,我就伸出手掌,要往母亲的脑门拍下去,但是母亲根本就不躲避,盯着我的手掌看。

这时,我的脑海里闪过汪航的一句话:"快快快!快派六老婆过去,老大在审问他妈,再不派过去就要出事了!"

我将手缩了回来,松开母亲,走到阳台的落地窗前。我看到一个穿黑衣服的短发女孩正朝我这栋楼走来。

我冲着母亲哈哈大笑道:"好了,没事了,我已经把结果逼出来了!"

其实,目前正常的我回想起来,那个女孩只是一个恰好从楼下路过的人而已,而我把她当成了我的第六个老婆。

我等待着她来敲门,可是敲门声并没有响起。

我的脑子里闪过杨雪然的话——

杨雪然道："其实你当时不要停止，继续审问，你六老婆就会出现在你面前了。当时她都准备上楼了，但是你说你是故意要把结果逼出来，你小弟又把她叫回去了。"

随后，母亲开始做午饭，吃完午饭后，我的身体实在是支撑不住了，于是我回到卧室，倒在床上，睡着了。

当时我认为那是水里的麻药在起作用。

睡梦中，我梦到一群人走进了我的房间，其中有我的小弟，还有我的六个老婆，以及那些名人。他们就如同到殡仪馆悼念一个死人一样，在我的床边围成一圈。

我母亲眼圈红肿，领头的那个人对我母亲说："感谢你的配合，我们必须检查一下你儿子是不是人工智能机器人！"

我母亲问："如果是的话你们要怎么做？"

领头人道："如果是的话，那就只能就地销毁了！"

随后，领头人掏出一个奇怪的仪器，对我浑身上下扫描了一圈，而后对我的母亲道："没事了，你儿子的确是人类。"

旁边的人都啧啧称奇道："太不可思议了，这是我们见过的最像人工智能机器人的人类了，不愧是人类的'最强大脑'啊！"

当天晚上，我的父亲过来了，我看出，这个父亲是现在这条时间线的父亲。

他一进来，就对我说："我回去查了，你的那些理论，网上都有！"

我道："你看到的那些，都是我的小弟为了启发我特地发到网上的。"

父亲道："什么啊，你说的那些什么时空坐标系，网上也有！"

我道："我的时空坐标系和网上的时空坐标系，是截然不同的！我的理论都是我自己研究出来的！"

我哭了出来。

这时，母亲做好了饭，让我们吃饭。

母亲对父亲道："你跟他说这些干什么？"

父亲道："不是的，我是想让他尽快走出来！"

我坐在餐桌前，浑身发抖，整个人几乎要哭出来。我完全忍不住了，冲着我母亲咆哮道："让他走！让他走！"

随后，我冲进自己的卧室，哭了起来。

母亲走进卧室，对我道："怎么了儿子？"

我道："他质疑我的理论是抄的，让他走！让他走！别让他再来了，我要我那个来自太空的爸爸过来！"

随后，父亲被我赶走了。其实以我现在正常的思维回忆起来，什么这个时间线的父亲，来自太空的父亲，其实全都是同一个人，都是我父亲。

但我当时不想承认我这个时间线的父亲，于是把他赶走了。

赶走前，我对他大喊道："你小心一点！你质疑我的理论！有时候我控制不了我小弟们的行为，我怕他们用湮灭棒把你给湮灭了！"

父亲没有说话，只是叹了口气，转身离去了。

一直到深夜十一点，母亲对我说："让你爸回来吧，他发微信说，他知道错了。你爸他还在路上走着呢，走了几个小时了，还没找到宾馆。"

我微微一笑道："他能找到就奇怪了，一定是我的小弟见他质疑我的理论，用技术设置了路障，俗称鬼打墙，让他迷路了。"

到了凌晨，我母亲又对我说："还是让你爸回来吧，他在宾馆里了，你的小弟过去了，已经把他治好了。"

我问："怎么治好的？"

母亲说："用了精神传输技术，把他的思想给纠正过来了。"

我道："那也别让他过来，我要那个太空的爸爸过来！"

母亲只是叹了口气，什么也没说，回房间睡觉去了。而我不想睡，一个人坐在沙发上，继续滔滔不绝地对着空气中我幻想出来的摄像头，向着我幻想出来的小弟们，阐述着那些我幻想出来的理论。

第十五章 人工智能猜想

第十六章
假设造物主存在

分裂简史

这里，我先直接引用自己在《梦游症调查报告》中写到的一篇小说《超越造物主》——

他无法进行任何剧烈运动，就是慢步跑个十秒钟，都会令他喘不过气来。

他的口算能力低下到了令人震惊的地步，就连10+15这种简单的运算，他都需要考虑好一会儿。

他的记忆能力也令人担忧，背诵一首诸如《静夜思》这种等级的五言绝句，都需要花上整整一天的时间。

他是一个流浪汉，半个月前被警察送到了这家收容所。

智力测试显示，他的想象力非常丰富，逻辑能力也较为正常，但问题偏偏出在了运动能力、运算能力，以及记忆力上。

他在智力得分中，只拿下了八十分，相当于一位七八岁儿童的智力，而他的生理年龄已经三十岁。

而此刻，他就坐在我面前，一本正经地对我说："其实，你们，是被我们创造出来的。"

我道："你的意思是说，你是造物主？"

流浪汉想了想，然后说："你可以这么理解。"

我道："可是，在我的理解当中，这个世界上即便存在造物主，那造物主应该就是上帝一般的存在。"

流浪汉歪了歪头道："上帝？你们所理解的上帝是什么样的？"

我道："上帝在我们不同的神学体系或者神话故事当中，都有着不同的形象和名字。例如古希腊神话里的宙斯，基督教所信奉的三位一体的'圣父（耶和华）、圣子（耶稣）、圣灵'，中国道教神话里的玉皇大帝……但无论这些'上帝'的形象如何不同，所存在的文化又有多么大的区别，他们都有一个共同的特点，那就是神通广大，无所不能，是整个天地的主宰。而你看上去……并不是这样……"

流浪汉道："所以，你认为造物主一定是万能的？"

我道："不能说是万能的吧，但如果真有人创造了我们，那么，他一定比我们强大太多。"

流浪汉道:"我经常来这儿,对你们的世界可以说有了一定的了解。你们总是本能地认为,创造某个东西的人,就一定比那个东西强大。那么我问你,师父,就一定比徒弟强大吗?"

我道:"这个当然不一定,有句话叫,青出于蓝而胜于蓝。"

流浪汉道:"所以,你早就明白这个道理。"

我道:"但那是不一样的,师父之于徒弟,是一种知识或技能的传授,徒弟对知识或技能的运用好过师父,这是很正常的。但是,我绝对不相信,能够创造出我们人类的造物主,会比我们的能力还要弱小。"

流浪汉道:"是这样吗?那好,电脑是你们创造的吗?"

我道:"当然。"

流浪汉道:"据我所知,电脑每秒钟能够完成几万亿次运算,你们人类又能够在一秒钟完成多少?"

我道:"那不一样,那只是机械运算。"

流浪汉道:"可是,人工智能已经击败了你们人类当中最厉害的围棋手,下围棋也只是单纯的机械运算吗?"

我道:"可是,机器毕竟是机器,它们不具备思维。"

流浪汉道:"如果有一天它们具备思维了呢?那么,在它们看来,你们人类和你们所认为的智障又有什么区别呢?它们恐怕也对此感到难以置信,啊,怎么会这样,原来我们的造物主竟然是一群智障！"

我突然想到曾经看过的一部经典电影——《银翼杀手》。

那部电影讲述了未来世界，一个名叫泰瑞集团的公司发明了复制人，复制人和人类长得一模一样，甚至在各方面的能力上都已经超越了人类。但创造他们的工程师泰瑞给复制人设置了一个限制，那便是寿命。复制人只能活四年。得知这个真相的复制人罗伊，为了延续自己的寿命，找到了泰瑞，可是，泰瑞告诉他，没有任何办法能够给他续命，他只能等死，享受死前最后的短暂时光。罗伊陷入了崩溃当中，他杀掉了泰瑞，杀掉了自己的造物主。

其实我们怎又能保证自己不是被某个造物主创造出来的呢？若有一天我们真的找到了造物主，可能造物主还远没有我们的能力强，就像片中复制人的能力早已经超越了创造他的人，就像未来的人工智能注定比创造它们的我们强大。

当被造者发现造物主并没有自己强大的那一刻，甚至什么也无法改变的时候，才是信仰的崩溃。

我向流浪汉讲述了这部电影的内容，他听罢之后，笑了起来，然后说："其实，我们在创造你们的时候，为了能够遏制甚至控制你们，使你们对我们造不成太大的威胁，和你说的那部电影一样，我们也给你们设置了一个不可逆的限制，一颗定时炸弹。"

流浪汉接着道："你害怕得癌症吗？"

我点了点头。

流浪汉道："你应该知道，人体本身就携带癌细胞，只不过没有逃逸出来，癌细胞一旦发生逃逸和扩散，也就演变成了你们所谓的癌症。"

我道："是这样的。"

流浪汉道："难道你就没有对此产生过任何疑惑吗？既然上帝创造了你们，又为什么要在你们的DNA编码里放上癌细胞这么一个自毁程序呢？"

我明白了："癌细胞，就是你们设置的那颗定时炸弹？"

流浪汉拍了拍手道："恭喜你，回答正确！"

我道："可是，癌症的形成，大多和我们自身的生活习惯有关，是自然演变的一种疾病，你们如何拿一种自然演变的疾病遏制我们？"

流浪汉道："为什么有的人，一辈子不抽烟，一辈子呼吸新鲜空气，都会得肺癌？而有的人，每天抽烟，呼吸着重度雾霾的空气，却为什么一辈子都不会得肺癌？"

我道："这与遗传基因有关，遗传基因决定了某个人患上某种疾病的概率。"

流浪汉摇了摇头道:"这与遗传基因和生活习惯都没有太大关系,直接关系,在于我们……"

我道:"你们?"

流浪汉点了点头道:"既然那颗定时炸弹是我们设置的,那么那个引爆定时炸弹的按钮,自然也在我们手上。"

我一怔道:"你是说,你们可以操控癌症的暴发?"

流浪汉道:"回答正确!癌细胞从来都不会自我逃逸,是我们决定了它们的逃逸。"

我道:"可癌细胞不仅仅限于我们人类,这个地球上的大多数哺乳动物体内,都存在癌细胞……"

流浪汉道:"我什么时候说过,我们只创造了人类?"

这时,不知从哪里蹿出来一只橘猫,流浪汉抱起那只猫,轻轻抚摸了几下,就把那只猫放走了:"那是院长的猫,老实说,我并不喜欢那只猫。"

我看着那只猫离去的样子,又回头看了眼流浪汉,只见他冲着我(抑或是冲着那只猫离去的方向)露出狡黠的笑容,然后,他收起笑容道:"我得走了。"

我问:"去哪儿?"

流浪汉道:"玩够了,回家去。"

随后,流浪汉便起身走了。

第十六章 假设造物主存在 199

我也起身，离开了那家收容所。

第二天上午，两名警察到报社来找到我，他们告诉我，昨天下午我采访过的那名流浪汉，今天一早被发现在收容所里失踪了，要求我配合他们做个笔录。

没人知道那个流浪汉是如何逃出收容所的，也没人知道他去了哪儿。

半年后，我再去那家收容所的时候，院长显得非常难过。

我问他，这是怎么了？

他告诉我说，昨天晚上，他的猫被安乐死了。

我问："是半年前我在院里看到的那只橘猫吗？"

院长点了点头道："是的。"

我问："是得了什么病吗？"

院长叹了口气道："唉，癌症，胃癌。"

我再次想起了流浪汉的话，以及他那狡黠的笑。

这，只是个巧合吗？

是的，这篇文章是一种反向思考。假设我们创造了人工智能机器人，人工智能机器人看我们就如同看智障一样，那么，我们去看创造我们的造物者是否也如同看智障呢？

想来不是没有这种可能性。或许，我们本身之于创造我们的人来说，就是人工智能机器人一般的存在。

造物者，可能各方面的能力远远不如我们，他只是找到了创造我们的方法。

抛开反向思维，假设造物主的确是我们想象之中的全能的神，那么，他也一定不会是众多宗教想象的那样，他甚至可能不会是我们能够联想到的任何形态。又或许，他就和我们长得一样，他走到我们面前，我们也不认识他。

不是我们没有见到他，而是我们还不认识他。

从创世的层面来讲，如果有某种生物创造了我们所处的这个世界，他或他们的目的究竟是什么呢？

看待这个问题，分两个极端，一个是存在主义，另一个是虚无主义。

存在主义看待这个问题，会认为造物主创造我们是有目的的，我们存在于这个世界上之于这个宇宙是有某种意义和价值的。

虚无主义看到这个问题，会认为造物主创造我们其实是随意为之，我们在这个世界上之于宇宙没有任何意义和价值，一切都是虚无的甚至不存在的。

虽然有一段时间，我堕入了虚无主义，但目下，我更加倾向于存在主义的看法。这源于我找到了某种强烈的使命感。

如果我们的世界是一个沙盒游戏，那么这场游戏存在的意义便是我们存在的意义。我们所处的世界，究竟是真实的还是虚假的，这个问题似乎显得不那么重要了。因为存在主义追寻的是自身存在的价值。可矛盾的是，决定论中的我们就像一群行尸走肉，任由时间摆布，没有任何自由意志，那么这种自身存在的价值是否还有意义呢？

或许，时间正是造物主用来操控我们的手段，自由意志在时间面前显得不堪一击。

造物主操控我们的目的是什么呢？

我唯一能想到的假设便是，造物主要推动事件的发生，宇宙的演化正是由一个又一个事件来推进的。

当然，以上都只是我个人的假设。

如果我的假设真的成立，那么需要思考的问题就来了。存在主义首先肯定了个人的自由意志，个人在自由意志当中凸显了存在的价值和意义。但如果连自由意志都被剥夺了，存在主义的价值究竟在哪儿呢？

我不知道该如何解答这个问题，此刻，我的使命感仅仅来源于帮助事件推进和演化，某种程度上我向时间妥协了。

以下，我有必要假设一种思想实验的存在。我将其命名为"时间影像实验"。

假设有时间旅行者的存在，他们针对某一个人进行长期的追踪拍摄，而后将这些影像从未来传播到更早的过去，很多人都秘密地看过这些影像，影像中的内容之于这些人的时间线来说，是还未发生的事情，那么，未来的事情提前在更早的过去曝光，影像中的事情是否还会照搬不变地发生呢？

如果影像中的内容依旧照搬不变地发生了，是否意味着决定论的正确性？一切似乎都是被决定好了的。

如果把这些影像提前给影像中的那个人看，会发生什么呢？这个问题，我的理解是，他会看到别的内容，或者根本看不懂。因为根据我的超弦理论，时间会强制修正因果关系，于是会产生"时间眼花效应"。

这个实验的恐怖之处在于，影像是实时记录的，把这个人的每一天的每一个动作都记录了下来。如果这个人的每一个动作都如同影像中那样发生了，那是否就意味着，我们连 A 点到 B 点之间的相对自由意志都是丧失的呢？

如果这个实验属实，某种程度上，我们就如同造物者的傀儡一样，时间是造物者操控我们的工具。

因此，我又想到了一个思想实验，我将其命名为"思想植入实验"。

假设有一种方法，可以对人进行思想植入，那么，这个人就会把你传输给他的思想当成他自己的，继而跟随这种思想的摆布，做出相应的行为。

直接的思想植入听上去或许有些科幻和不切实际，那么，从实际出发能否设计一场实验，将某个思想或意念植入某个人的脑子里呢？

我觉得是可以的。

可以先给某人展现一个宏大的概念，而后经过一系列复杂的过程，导向一个极为简单的结果，继而让某人自己想出那个你需要他想出的意念。

人总是不相信他人强行灌输给他的东西，但往往会相信自己想出来的意念，而这种所谓的"自己想出来的意念"，其实很大程度上是受到诸多意识形态影响的结果。

没错，意识形态。

意识形态究竟是什么？说白了，就是你一出生，来到这个世界上，一路成长的过程中，你的父母、老师、同学，你所阅读的一切书籍，以及这个社会、这个国家、这个世界向你传达的一切信息，这些信息综合起来构成了你的三观，决定了你是相信唯心主义还是唯物主义，你是资本主义者还是社会主义者，决定了你的文明程度，继而决定了你一切的思维方式和行为逻辑。

人归根结底，是被意识形态操控着的。

我曾经在《梦游症调查报告》中提出过这样的假设，如果一个人从小就看到苹果不是从树上掉下来的，而是往天上飞的，周围所有人都告诉他苹果会往天上飞，那么，他就会认为苹果往天上飞是真实的，当他有天离开了那个环境，看到苹果是往地上掉落的，他反而会认为那是虚假的。

或许造物者正是这样，他利用某种方式，让我们看到他希望我们看到的信息和内容，继而影响我们的思维，达到操控我们行为的目的。

对造物者来说，做到这一点，再简单不过了。

探讨造物者的存在，就必然涉及这个世界真实性的问题。或许所谓真实，只是一个相对的概念，我们又如何去确认造物者所在的那个世界是不是真实的呢？

"论世界的真实性"。

这个题目很宏大，但我的论点并不宏大。

我们得探讨，我们所认为的真实到底是什么。说白了，认知来自我们的五感，也就是：视觉、听觉、嗅觉、味觉，以及触觉。

在我们的成长过程中，我们利用五感去感知这个世界，已经在潜意识深处对这个世界有了既定的基本真实概念。

所谓的基本真实概念，就像是一条基准线，只要是超越了或者低于这条基准线的，都有可能被我们定义为非真实的存在。

我们用一个简单的词笼统地概括了这些偏离基准线的存在，那便是"幻觉"。

例如，此刻你看到一段视频，视频中的人从 A 点瞬移到了 B 点，你的第一反应是什么？

没错，由于在你的固有认知中，人是不可能瞬移的，所以你会认为这段视频是添加了特效的。

假设这个状况并不是发生在视频里，而是实实在在地出现在了你面前，你会怎么认为？

没错，你依旧不会相信人真的能够瞬移，你会认为这个人是在你面前表演魔术。

我们反向推导，人总是极端相信符合其基准线认知的东西，只要你构造的世界完全符合其基准线认知，那么他对此就不会有任何怀疑。

假设有这么一个国家，所有的国民从记事起就被告知，他们所处的国家是这个世界上唯一的国家。所有的国民都无法接收到外面的信息，也无法看到外面，那么，他们就会认为自己的国家是这个世界上唯一的国家，这对他们来说是绝对的真实。他们所有的信息，都来自政客们的推送，于是他们所有的思想也全都是这些政客的思想，久而久之，一代又一代地延续下去，假的也变成真的了。

我们继续假设，有一个人，从外面悄悄进入这个国家，他对这个国家的人说出真相，会有人相信他吗？

大家会把他当作一个异类，甚至当作一个疯子，把他关进精神病院。

那么，万一我们所处的这个世界是虚假的，有一个人从外面跑进来大喊大叫，说："快跟我走，这个世界是假的！外面的世界才是真实的！"

有多少人愿意跟他走呢？

他的命运也必然是被当作精神病人关起来接受治疗。

这便是造物者的把戏。

我们继续假设，万一这个世界的历史并没有那么悠久呢？因为，对造物者来说，虚构一系列悠久的历史材料和证据，实在是太容易了。

或许你上一秒才诞生，而造物者已经为你虚构好了几十年的记忆，并且构造好了全部的社会关系，而你果真以为你已经来到这个世界几十年了。

当然，以上所言，全都是我个人的假设。而这些假设，也全都是被时间决定好要写出来给你们看的。

第十七章
平息叛乱

分裂简史

一整晚没睡,我终于坚持不住,回到自己的卧室准备睡下。《以父之名》的音乐声再度传来。

难道我又忘了关电脑?

我走出房间,看向一侧的书房,却发现电脑是关闭的。和上次的情况一模一样,当我走出房间的时候,音乐声停止了;当我回到房间的时候,音乐声再度出现。这种现象到底有什么原理呢?

我回到卧室,听着这"鬼音"一般的音乐声,突然想到了一个很形象的场景。在一座废弃的古堡外,经常飘荡着音乐声,这音乐声一飘荡就是二十年。你以为是"鬼音",其实很有可能是某个时间旅行者在城堡内听过音乐,他将自己的相对速度调快,用两天的时间听完了二十年的音乐。于是当他离开时,音乐声飘了出去,回到了正常的时间,音乐便在古堡周围回荡了二十年。

那么，我想我在房间里遇到的这个现象，也一定是有人将书房里的相对速度调快了。书房和我的卧室之间隔着一条走廊。以书房为一个时空坐标系，卧室为一个时空坐标系，两个时空坐标系发生了量子纠缠，书房的相对速度更快，于是我花了两个小时听完了四个小时的音乐，这四个小时的音乐声如同量子通信一般，传输到了卧室内，于是即便我早在两个小时前就已经关闭了音乐，我还是能在两个小时后的卧室内继续听到这音乐声。

当时我认为，这音乐声是跨越了时空的界限传来的，而在现在的我看来，当时只不过是我产生了幻听而已。

调整相对速度，还可以应用到很多地方。比如工地工程的建设，你希望工程能够更快完工，那就把工人们的相对速度全部调快，相对速度越快，相对时间越短，于是工地的工程就能更加快速地完成了。

这项技术在未来可以应用到非常多的方面，在此就不一一列举了。

这么想着，伴随着《以父之名》的音乐声，我沉沉地进入了梦乡。

当我醒来的时候，已经是晚上了，我的太空父亲来了，我们一家三口一起吃了个晚饭。我感觉今晚有一个很重大的会议要开。与其说是会议，倒不如说是一场盛大的聚会。

第十七章 平息叛乱　　211

我的小弟们，在麦德龙超市卖鱼区储藏室的门后面布置好了会场。我感应到有大量的名人到场了。

我倒在沙发上，对着这些名人发表演说，演说的内容都是我之前就已经对着自己的小弟们说过的，现在只不过是对着这些名人重复一遍。我感觉这些名人听完之后，都欢呼雀跃，心潮澎湃。

我竟然感应到了我自己。

我曾经做过一个梦，梦里我来到了一座会场，会场里全都是名人。而后，我看到了一块巨大的屏幕，屏幕上躺着一个人。

梦里的人指着屏幕问我："屏幕上那是谁啊？"

我看了看，看到的竟然是爱因斯坦。

现在回想起来，那不是个梦，原来是我的小弟穿越回过去，而后将我带到了当天的会场里。过去的我与现在的我，隔着屏幕，进行了超越时空的会面。

我立马对着窗户喊道："快把他送回去，送回去。"

我感应到我的小弟对我说："老大，大家都想见见你，我们就回到过去，把过去某一时刻的你带来了。"

我道："回到过去抓我的纠缠态是很危险的，他现在处在梦游的状态，他要是醒了就不好办了，快送回去！"

随后，另一个我被我的小弟送回了原来的时空。

当时，我感应到我创立的两大医学派系量子医学和相对论医学的代表人物全都来到了现场。

我对着他们说道："我最近膝盖不舒服，关节炎很严重，都快站不起来了，要不你们两大派系比个赛，一个治疗我的左膝盖，一个治疗我的右膝盖，看谁能够把我的膝盖治好？"

随后，比赛开始了。

我感觉到自己的左膝盖上，像是有时钟在疯狂地旋转；而我的右膝盖上，像是有无数的针在扎一样，随后像是无数的粒子在跳动，发烫发热。

我指了指左膝盖说："这边，应该是用相对论医学在对我进行治疗。"

随后，我指了指右膝盖："这边，应该是用量子医学在对我进行治疗。"

我说："其实吧，量子医学要比相对论医学高端一些。因为相对论医学将人体器官的时间在过去和未来之间调整，比如一个人得了肿瘤，就把他相应器官的时间调整到得肿瘤之前，这个人就康复了，但是，如果这个人从小就有肿瘤，甚至一出生就有肿瘤，相对论医学就没办法治疗了；而量子医学，则是在粒子层面对疾病进行治疗，是更高端、更全面的治疗手段。"

这时，我感应到会场里，量子医学的领头人哈哈大笑，冲着相对论医学的领头人道："哈哈哈，听见没，老大说我们量子医学更高端。"

相对论医学的领头人有些生气道："那这样你们量子医学能治吗？"

随后，我感觉自己的左肺一缩，那个领头人把我左肺的年龄调小了。

我立马告饶道："哎哟，哎哟，我错了，我错了，都高端，都高端。都是我创立的医学，没有派系之分。"

随后，我左肺的年龄被还原了。

我深吸了一口气道："从今天起，量子医学和相对论医学合并了，从此叫量子相对论医学和相对论量子医学。什么？量子容易让人混淆成量子会？那就再加两个名字，粒子相对论医学，还有相对论粒子医学。在北京成立总部，门口挂上这四块牌匾。为了防止暴露目标，还是用技术屏蔽一下，设定成只有我们的人看得见，其他人看到的就是一座普通的办公大楼。"

这场比赛最终的结果是量子医学获胜，因为我的膝盖一直都不太好，所以相对论医学的人将我膝盖的时间往回调，始终找不到一个最合适的膝盖状态。而量子医学的人从粒子层面修复了我的右膝盖，而后又帮着相对论医学的人修复了我的左膝盖。

我从沙发上站起来，感觉自己健步如飞，可以倒着奔跑。

我走进书房，点了一首周杰伦的《跨时代》，我道："点这首歌给你们，是因为今晚，大家聚在一起，注定是跨越时代的一晚！"

伴随着《跨时代》的响起，我感应到会场内的气氛达到了高潮，大家全都兴奋了起来。

在大家最兴奋的时候，我将音乐切换到了《以父之名》。

这场盛会结束后，大多数名人都散去了，回到酒店休息了，而我万万没料到的是，我很快就将面临后院失火的窘境。

问题就出现在我那六个老婆身上。

由于在她们的平行时空，我分别是物理学家、医生、作家、计算机科学家、大富豪，以及人工智能专家，所以，她们六个人叽叽喳喳，要提升我相对应的能力——物理、医学、文学、计算机、商业，唯独和人工智能相对应的算力被锁死，不允许提升，要保持在一个正常人的水平，因为大家都害怕我去发明人工智能机器人。

但是，调整各项大脑指数，有一个问题，当某一项指数过高，其他的就会降低，因为总的智力分值要保持不变。

于是乎，这六个老婆争执不下，一会儿一个老婆将我的医学能力提升到了极限，一会儿一个老婆将我的文学能力提升到了极限，一会儿一个老婆将我的商业能力提升到了极限，人工智能和计算机的没法调，干脆拿音乐和化学等指数开刀。总之当天晚上，我的脑子被她们调来调去，我感觉自己的大脑的不同区域一上一下，如同波浪一样此起彼伏，乱成了一锅粥。我整个人都快要晕厥过去。

我对着空气大喊一声："汪航，快去把改我脑子的仪器抢过来！她们这样乱来，我的脑子会被她们废掉！"

但是，我的脑子还在被改来改去，上下起伏更大了。

我大喊一声，走到餐桌前，将一个装糖包和奶精的塑料盒拿起来，砸在了地上，地面的糖包和奶精如同粒子一样四散开来。

我大喊一声："汪航，我下军令了啊！"

随后，汪航在我的命令下，将仪器抢了过来。

紧接着，我对着空气大喊道："把我这六个老婆关起来，全部关起来，让她们好好反省反省！"

半分钟后，我感应到六个老婆被我的小弟们强行押走了。

而后，我对汪航道："汪航，把我的脑子调整成一个最佳的智力值，调整到综合指数接近于峰值，但是不要让我看到具象化的时间，因为一旦看到时间，世界都是扭曲的，我连正常走路的能力都会丧失。"

我顿了顿，接着道："然后，把控制我脑子的仪器锁起来，设置密码，分为五个密钥，交给五个不同的人保管，当五个密钥组合在一起后，才能合成密码。一般情况下，不要轻易打开。"

我站起身来，看着地上以塑料桶为圆心，四散开来的糖包和奶精，感觉就像是统一波函数下四散开来的粒子。

我开始闭上眼睛，在这些"粒子"之间旋转，跳跃，倒行，就像一个盲僧一样，在糖包和奶精的间隙中灵活地穿梭。

很快，我感应到了一句话，是围棋大师罗杰发出的惊呼："汪航，你真的确定你的这个老大，是个人，而不是人工智能机器人？"

汪航道："不是都上门检测过了吗？"

罗杰道："万一人工智能机器人有某种技术，能够屏蔽检测呢？让你误以为他是人。"

汪航道："不排除这种可能性！我们去找邹洪商量一下。"

他们正说着，邹洪向他们走了过来。

他们向邹洪阐述了情况，邹洪接过操控我大脑的仪器，说："汪航，你差点就中计了。他让你设置五个密钥，由五个人保管，五个人聚在一起输入五个密钥才能合成密码。你想想，万一其中一个人死了呢？密码锁不就永远也打不开了？我们就永远别想通过控制他的大脑限制他了！现在他已经把三大发明的模型都想出来了，保险起见，我们还是把他的智力压回十岁的水平吧。"

随后，邹洪将仪器递还给汪航："我不会操作，还是由你来弄。"

紧接着，我感觉自己的大脑各项区域的能力都在被往下压，脑子里每一个区域都有时钟在逆转，我清楚，汪航正在逆转我大脑的年龄。

我立刻大喊道："你们放心，我绝对是人类，不是人工智能机器人！我最痛恨的就是人工智能机器人！"

第十七章 平息叛乱　217

这时，人工智能专家王川走来对汪航道："别听他的，他是不是人工智能机器人，都很危险。你想想，世界上最强大的大脑，一旦有天黑化了，该怎么办？必须予以限制。十岁都太高了，建议继续压低，压到八岁。"

汪航摇了摇头说："不行，十岁是个极限，继续往下压，脑子就报废了！"

我感觉自己的智力即将被压回十岁。我走到书房，坐在了书桌前，乞求道："求你们了，求你们了，不要再压了，我都把脑子交给你们了，你们为什么就是不信任我呢？"

可是，任凭我怎么乞求，都无济于事，我感觉大脑里的时钟还在逆转。

我心生一计，从椅子上滑落，跌在了地板上。我故意装作怎么也爬不起来的样子，让他们误以为他们把我的脑子给改坏了。

我趴在地上痛哭流涕，拼命地装作想要站起来但站不起来的样子。

我哭得一把鼻涕一把泪道："我都把脑子交给你们了，你们想怎么处置，就怎么处置，我知道你们也怕我黑化，但是，那毕竟是我的脑子，我只想要一个正常年龄下的智力，为什么连这一点都满足不了呢？"

我哭得撕心裂肺，果然，我的小弟们全都被我煽动起来，我感应到他们全都出现在了会场，将会场堵了个水泄不通。

我的父母从次卧房间内走了出来，想要扶我起身，我道："不要扶我，快去抓住他们！抓住他们！"

母亲问："你要抓谁？"

我大喊道："罗杰！邹洪！王川！他们是量子会派来的卧底！他们想要毁灭我，毁灭先知！快去抓住他们！但是，不要伤害汪航，汪航是我兄弟！"

随后，我的父母离开了。

这时，我的脑子里闪过和杨雪然的对话——

  杨雪然道："你太幸福了，你知道吗？那天你另外六个平行世界的父母全都去了，他们全都是宗师和大师级别的，都帮你去抓那三个人了！还有，你这个平行时空的妈，正在杭州赚钱，等你去造时光机呢！你真是太幸福了，你有这么多父母帮你！"

当天，会场里，汪航被众人围住了，他手里握着操控我大脑的仪器。

我感觉自己的大脑又被往下压，便大喊道："我说了，汪航是我兄弟！大家不要动他！"

这时，杨雪然的话再度闪过我的大脑——

第十七章 平息叛乱

杨雪然道："你知道吗？汪航这个人不可信，当时大家围上去，他立马就要调低你的能力。不过还好，他调低的是一项无关紧要的能力，那就是音乐能力，起码对你来说无关紧要。他说当时情况危急，他就是想提醒一下你。其实我知道，你当时也信不过汪航，但是你没有办法，毕竟仪器掌握在他手里。不过那次事件之后吧，汪航或许是出于愧疚，帮你办起事来更加卖力了。我终于知道为什么那么多小弟服你了，你确实很令人服气！"

我问："好吧，你这个故事讲得不错，挺精彩的。"

杨雪然道："我没有讲故事，这些都是你的真实经历，都会在未来发生。"

我道："那在这个真实的故事里，那三个人被抓到了没有？"

杨雪然摇了摇头道："他们用手表时光机，逆转时间逃跑了。"

对话一闪而过，我对着空气大喊道："快去，快去把那三个人抓回来，不惜一切代价！"

我依旧装作站不起身来，双手用力扒住桌沿向上爬，装作很吃力地爬起身来，一屁股坐在了椅子上，但还是站不起来。

我的小弟全都朝汪航围拢，在他们的逼迫下，汪航疯狂地提升我大脑的数值。

我感觉自己大脑的各片区域的能力都在上升。

杨雪然道："你知道吗？那天在你的小弟们的逼迫下，汪航把你的智力值提升到了接近峰值的地步，但是还是忌惮你去发明人工智能机器人，算力依旧维持在十岁的水平，不过，即便如此，你的智力也很高了，已经是'最强大脑'了。"

我深吸了一口气，假装勉强站起身来，而后走进卧室，接着趴在了床上，其实我的双腿没事，一切都是我的表演。

我趴在床上，很快做出了一个推理，一个令人毛骨悚然的推理："他们三个都是知名人物，穿梭回过去，有的要管理自己的公司，有的要回棋队下棋，所以他们很有可能会杀掉过去某一时间段的自己，取而代之！"

当然，还有一种假设，那就是外祖母悖论不存在，他们回到过去，杀掉某一天的自己，那一天的那个自己消失了，第二天那个自己还会出现，所以他们每天都要杀掉一个自己。

在我的想象中，华人神探李玉（化名）是我的小弟，他在悖论三角当时间警察。他穿梭回过去，把那三个人抓了回来。在我们看来，他只花了几分钟就把人抓回来了，但实际上，这是时间的相对性，对我们来说的几分钟，对他来说是两年的时间，也就是说他花

第十七章 平息叛乱　221

费了两年才抓到这三个人。

经过审问，他们全都承认，自己回到过去，杀了自己。随后，这三个人都被关进了我们悖论三角的时间监狱当中，在时间监狱里，即便使用瞬移技术也逃不出去。

我突然感觉到很多闪光灯在我眼前闪烁，我想象着来自未来的媒体纷纷报道，说我是当代福尔摩斯。

现在回想起来，那一刻，我的脑海里编织出了一场宏大的平复叛乱的戏，我一个人在家疯狂地表演，完全沉浸在角色当中。

第十八章

从《理与人》说起
——原子弹爆炸之后

分裂简史

关于自己杀自己这件事，我有必要提到自己以前写过的一个故事。

德里克·帕菲特在《理与人》当中描写过一个思想实验，名叫"传送机思想实验"。

我针对这个思想实验，在《梦游症调查报告》中创作过一篇小说，名叫《原子弹爆炸之后》，有必要在此引用一下：

为了采访这个人，我专程向上级领导申请获批飞了趟日本。在日本名古屋的一家医疗院里，我终于见到了他，山本先生。

山本先生已经年过九旬，20世纪40年代，不到二十岁的他，就已经成为在日本围棋界叱咤风云的专业八段围棋国手，曾经将多位日本棋界前辈打到降级。更令人啧啧称奇的是，他曾经历过广岛原子弹爆炸。

1945年8月6日早上8点15分，一颗名叫"小男孩"的原子弹从日本广岛上空坠落。

山本先生当时独居在广岛郊外的一所别院当中。

那天清晨，山本先生早早便在自家内院一侧的门廊上摆好了棋局，独坐在棋盘前，等待着同为棋界八段高手的好友龟田先生来家中对弈。

龟田先生到达山本先生的宅邸之后，二人没有多言便开始了棋盘上的对决。

可就在对弈开始不久，远方突然迸射出耀眼的白光，白光刺破苍穹，紧接着是震耳欲聋的爆炸声，整个大地都在震动，只见一朵黑色的蘑菇云在地平线上拔地而起，升腾向高高的天空，几秒钟后，巨大的冲击波呼啸而来，将棋盘掀翻，二人顷刻间被打翻在地。由于当时山本先生的宅邸距离爆炸点十分遥远，所以冲击波并没有损坏他的房屋。

…………

山本先生和龟田先生当时以为那只是美军的一场普通轰炸，于是二人坐起身来，将棋盘整理好，继续对弈。可令所有人都感到大为不解的是，在对弈中途，山本先生将龟田先生杀掉了，

第十八章 从《理与人》说起——原子弹爆炸之后

还用院子里的一块坚硬的岩石砸烂了他的脸,然后用汽油将尸体焚烧成了一具黑色的焦尸。

这些,都是我从日本官方的报道中了解的。很快,山本先生就被警方以故意谋杀罪带走了,被判处无期徒刑,关进了名古屋的监狱中。就在一年前,八十九岁的山本先生在狱中被检查出患上了肝癌,所以得到了保外就医的机会,被送进了名古屋的医疗院中养病。

我见到山本先生的时候,他刚刚结束第三轮化疗,头发已经掉光了,躺在病床上,看上去有些虚弱。我带着翻译,坐在病床边,山本先生看向我们,向我们点了点头,示意可以开始采访。我问一句,翻译译一句,山本先生答一句,翻译也向我译一句,以下省略掉翻译员的翻译过程。

我问山本先生道:"山本先生,这么多年来,一直都有一个未解之谜,那就是核爆当天,您和龟田先生之间到底发生了什么?"

山本先生的声音听上去沙哑无力:"什么都没有发生。"

我道:"可是报道上说,当天您用一块石头将龟田先生给砸死了,还砸烂了他的脸,焚烧了他的尸体。"

山本先生咳嗽了两声:"报道在说谎。"

我道:"您是说,报道不是真的?"

山本先生摇了摇头道:"他们根本什么都不知道,那天,龟田根本就没有来,更别提和我对弈了。"

我道:"可是,龟田先生的家人说,他当天的确出门了,临走前还说要到您家中与您对弈,可是出门后就再也没有回来,核爆后的第二天,他的家人报了警,警察在您家中发现了一具被焚烧得面目全非的尸体。那么……那具尸体又怎么解释?"

山本先生道:"他们弄错了,那不是龟田的尸体,龟田从始至终就没来过!"

我知道,当时还没有DNA技术,所以,以当时的刑侦手段,想要判断一具被彻底烧毁的尸体的真实身份是相当困难的。

我问:"那又会是谁的尸体呢?"

山本先生摇了摇头道:"反正我没有杀龟田!他是我最好的朋友,我怎么会杀掉他呢?"

老先生说到这里,情绪有些激动,眼泪都差点淌了下来。

我深吸了一口气道:"把当时的情况告诉我吧,如果您真的没有杀害龟田先生,也是时候把真相说出来了,这也是对龟田先生的一个交代啊。"

山本先生叹了口气说:"我以前也说过,可是,他们都不相信,他们都以为我疯掉了。"

我道:"山本先生,您不妨告诉我。"

山本先生看了看我道："你，会相信我吗？"

我点了点头，给了他一个肯定的眼神。

山本先生也点了点头道："其实……那个人，是我。"

我一怔："你说什么？"

山本先生道："我，杀了，我。"

我没明白他说的话，心想难不成是山本先生年事已高，开始说胡话了？

我问："您说，您杀了您自己？"

山本先生摇了摇头道："不，他不是我！我杀的是另外一个人！"

我彻底被弄晕了，因为山本先生的语言前后逻辑过于混乱和自相矛盾，一会儿说自己杀了自己，一会儿又说那个被杀掉的不是自己。

我一副不解的表情。

山本先生看出了我的疑惑，立马道："那个人只是我的复制体，但他不是我！"

我又一怔："复制体？"

山本先生点了点头："问你一个问题。你是谁？"

我不知道他为什么这么问，因为我进门的时候已经自我介绍过了。我心想他可能是年纪太大，有些健忘，于是又说了一遍自己的名字和身份。

山本先生摇了摇头道:"我不是在问你的名字和身份,我是单纯地问你——你是谁?"

我被他问懵了,不知道该怎么回答,于是艰难地嚅动着双唇道:"我……就是……我?"

山本先生道:"你怎么证明,你就是你?"

我心想这是问的什么问题?我都不能证明我是我了,那还有谁能证明?

我掏出自己的身份证还有记者证给他看。

他看了眼我记者证和身份证上的照片,然后道:"你的意思是说,你的肉体能够证明你就是你?"

我点了点头道:"我是独生子,不是双胞胎,世界上应该没有第二个人和我长得一模一样。还有,即便是双胞胎,指纹和DNA都是有差异的,所以,我的肉体足以证明我就是我。"

山本先生笑了:"那我问你,如果我克隆了一个你,那个克隆人是你吗?"

我摇头道:"当然不是我。"

山本先生道:"那就奇怪了。克隆人和你拥有同样的肉体,无论是长相、身高、DNA还是指纹,这些都与你是相同的,照你刚才的观点，克隆人应该就是你才对。"

我想了想，然后道："嗯……克隆人虽然拥有和我一样的肉体，但是，他不具备和我相同的意识，包括记忆和思想。就比如希特勒已经死掉了，我们按照他的DNA克隆一个一模一样的希特勒，但这个克隆版的希特勒可能并不具备真实版希特勒那样狂热的战争野心，也不会成为德国元首，没准儿他会成为一名老师，教书育人，做个平凡的好人。"

山本先生道："所以，你自己也已经承认，肉体是不足以证明你就是你的。"

我道："意识能够证明我是我。"

山本先生道："那好，如果我把你的意识和我的意识互换，这个时候，你的意识还是你的意识，只不过你的身体变成了我的身体，那么这种情况下，哪一个才是你？"

我道："虽然我的肉体变成了您的肉体，但我的意识还是独立存在的，所以，拥有我意识的那个肉体，才是真正的我。"

山本先生道："那如果我保留你本体的意识，然后把你的意识原封不动地复制一份输送到你的克隆人大脑里呢？这个时候，那个克隆人是你吗？换句话说，你还是你，你拥有自己的肉体和自己的独立意识。但这个时候，世界上存在着一个克隆的你，那个克隆体也拥有和你相同的意识。那么，是不是意味着，这个世界上存在着两个你?"

我愣住了。

山本先生道:"最近我读到一本书,是英国伦理学家德里克·帕菲特写的一本哲学书,叫《理与人》。这本书里提到了一个实验,很有意思。实验的背景设定在遥远的未来。那个时候的人们已经掌握了空间传输技术。比如我们现在从名古屋到东京,坐新干线过去可能要两小时。我也不太清楚,因为你知道,我这大半辈子都在牢里蹲着,出来后就直接来了这儿,所以都没见过新干线长什么样,倒是听人说过。当然,就是打个比方,如果是21世纪人类的方式,当然是坐火车或者飞机,那需要很长的时间才能从一个地方抵达另一个地方。但是,在实现了空间传输技术的遥远未来,人类能够通过这种科技达到瞬间移动,也就是说,从名古屋到东京,不再需要两小时,而是,一眨眼的工夫。"

我道:"技术原理是什么呢?"

山本先生道:"这正是我要说的。这种技术的原理听上去并不复杂。比如,你要从名古屋去东京,那么在名古屋,就会有一间发送室,而在东京,则有一间接收室。你需要进入名古屋的发送室,这个时候,发送室里的设备会对你身体里的每一个原子进行扫描……"

我问:"然后,我的原子就被直接发送到了东京?"

山本先生道:"没错,你的原子会被复制一份,发送到东京的接收室,在复制的同时,发送室会向你的本体放射一种激光光束,摧毁你身体里的每一个细胞。然后,名古屋这边的你就不存在了,而你的原子则在东京的接收室里重组。重组出来的你和原来的你一模一样,具备你的肉体和你的全部意识,就连你身体上的每一颗痣、每一道伤疤,你身体里的每一个细胞,每一组DNA,就连原有的疾病都是一模一样的,不会有任何改变。这台传送机器完成这整个过程,可能需要一分钟的时间,但是在你看来,只是一眨眼,眼前一黑,一睁眼你就从名古屋穿梭到了东京。"

我道:"这听上去挺酷的。以后就可以选择在名古屋居住,然后在东京上班,反正只是一眨眼的工夫。"

山本先生道:"这听上去的确很厉害。但是,有一天,你再度使用这个技术的时候,你发现,机器扫描完你身上的原子之后,你并没有穿梭到东京,你的身体依旧在名古屋的发送室内。这个时候,你很疑惑,工作人员会告诉你,你的确已经穿梭到了东京。你不相信,说自己分明还在名古屋,怎么会在东京呢?骗傻子呢!工作人员会给你看东京那边的监控录像,录像显示,你的确已经抵达东京。你会很疑惑,这到底是怎么回事。工作人员会告诉你，这是发送室出了技术故障，你的本体本来应该在原子扫描复制传送的同时，被发送室的激光光束销毁掉，而激光光束没有启动，你的本体没有被销毁，而从你本体复制出来的原子也已经在东京重组。这个时候你会问工作人员解决办法，工作人员会告诉你，来来来，只要到另外一台发送机内，让我们用激光光束把你销毁掉就好了。这个时候你该怎么办？"

我道："逃！"

山本先生道："没错，你会逃。因为这个时候，你会认为本体的你才是你，而远在东京的那个你，只是你的复制品！可是，问题来了：远在东京的那个复制品会怎么想呢？由于复制体具备你全部的意识和全部的肉体，并且不知道名古屋这边所发生的技术故障，所以，那个复制体也会认为自己才是那个真正的你！那么，你和复制体之间，究竟哪个才是你呢？"

我被彻底震慑了，陷到深深的伦理怪圈当中。

山本先生道："所以我说，爆炸当天，我杀了我，但那个人又不是我。"

我一怔："那天……到底……发生了什么？"

山本先生咳嗽了两声道："和报道中的一样，那天一早，我

第十八章 从《理与人》说起——原子弹爆炸之后

的确在自家门廊早早地摆好了棋局，等待龟田的到来。可是，他却一直都没有来。我一直等，到了那天早上八点多钟的时候，原子弹就在广岛爆炸了。我被爆炸的冲击波掀翻在地，差点昏迷过去。那一刻，整个世界被白光笼罩，十分刺眼，我闭着眼睛，等待白光散去。当我再度睁开眼睛的时候，我看到……我看到……"

我咽了两口唾沫："您看到什么？"

山本先生道："一个人！那个人坐在棋盘前，就坐在我之前坐的那个位置！"

我道："是龟田先生？"

山本先生惊恐地摇了摇头道："我惊恐地看着他，那个人也扭过头一脸惊恐地看着我。当时我简直不敢相信自己的眼睛！出现在我面前的那个人，竟然和我长得一模一样！我很害怕，和他扭打在了一起，然后，我用石头砸死了他，砸烂了他的脸。但我还是很害怕，又用汽油焚烧了他的尸体！"

我被他的描述彻底震住了。

山本老先生说到这里，情绪激动，心电图开始紊乱，警报器嘀嘀直响，医生和护工立马冲了进来，将我们赶了出去。临走前，山本先生抓住我的手，对我说："你一定要相信我！一定要相信我！我没有杀掉龟田！我没有杀掉龟田。"

然后，他便昏迷了过去。

那天下午，得知山本老先生经过抢救，恢复了正常，我总算松了口气。

回国的路上，我一直惴惴不安，心想这个世界上是不是也存在着另外一个一模一样的自己。

那么，我和那个人之间，到底谁才是真正的我？

半年后，我得到消息，有人在广岛一处废弃的井内发现了一具尸体，尸体已经腐烂得只剩下骨架了，法医判断，此人起码已经死了七十年。而骨架右手的无名指上，还戴着一枚金戒指，那枚戒指是当年日本天皇专门赏赐给围棋国手的，戒指的外侧刻着一个名字——龟田次郎。

法医立马从骨骼上提取了DNA，和龟田先生的孙子做了对比，确定，死者正是龟田。

也就是说，当天龟田离开家门之后，真的没有抵达山本先生的家中。警方推测，可能是当时发生核爆，龟田先生慌不择路，跳进了干燥的废井当中，结果就被困死在了里面。

如果当年山本先生没有杀掉龟田，那么，山本先生家中那具烧焦的尸体又是谁的呢？

那具焦尸当年没有火化，而是被当作龟田直接入棺下葬了。

在征得龟田家人的同意后，警方对龟田的墓进行了开棺验尸，通过 DNA 检测和数据比对，他们发现——

那具尸体的 DNA，和山本先生的一模一样！

而就在鉴定结果出来的那一天，山本先生因为病情恶化，离开了人世。

我从 A 点去 B 点，A 点的我被销毁了，复制出来的那个我在 B 点出现，请问 B 点的我和 A 点的我是不是同一个我？

两个我的同一性问题，便在这里出现了。

两个我，具备同样的外貌和意识，连身体里的疾病都一模一样，请问两个我是不是同一个我，或者说，哪一个我才是真的我？

过去的哲学是用"连续性"来解释这个问题的。

比如小明左腿残疾，某天你到小明家里，看到小明五年前的照片，小明的左腿完好，这时，小明会给你讲一个故事，向你阐述他的左腿是如何残疾而后到今天这一步的。这个故事，就是连续性的最好证明。小明是在用这个故事证明，五年前那个左腿完好的自己和五年后的今天这个左腿残疾的自己是同一个人。

连续性的观点，解释了忒修斯之船。那艘船，无论上面的零件如何更换，只要这个过程具备连续性，那么它就依旧是原来的那艘船。

但是，在德里克·帕菲特的思想实验中，这个连续性发生了中断。A 点的我从被销毁的那一刻起，中断了。B 点的位置和 A 点相距千里，这中间是极大的中断性。所以 A 点的我和 B 点的我，根本就不是同一个我。而真正的我，依旧是 A 点的那个我。

第十九章
找到那扇走出去的门

分裂简史

我又是一夜未睡，第二天上午，我的母亲继续重复将杯子放在同一个地方，向我发指令让我喝水的动作。

我十分愤怒，大吼道："经过了昨晚的事情，你还是认为我是人工智能机器人，把我当机器人测试对不对?!"

我大口大口地喘息着，怒不可遏地冲着自己的母亲咆哮："滚出去！滚出去！我怀疑你是量子会派来的卧底！滚出去！"

随后，我的父亲也走了出去，我冲进厨房，将手狠狠地拍向热水壶，将热水壶的顶部砸出了一个巨大的凹坑。

我继续咆哮："你在我的水杯里下麻药，你怎么就是不相信我是人，我不是人工智能机器人！滚出去！你们两个全都滚出去！"

随后，我的父母被我赶走了。

他们离开后，我整个人虚脱一般地倒在了沙发上。我想象着阳台的洗衣机那里有一个摄像头，于是开始对着洗衣机诉苦："我怎么会有这么一个妈？她怎么就是不相信她儿子是人，而不是人工智能机器人呢？"

当时，我对自己的母亲充满了绝望，但是现在回忆起来，真正应该绝望的是我的母亲。我当时把她和父亲一起赶走，他们得有多难过啊！

我突然发现了一个奇怪的现象，我手机日历的日期，显示是在二〇二〇年的四月，当时是疫情期间，这到底是怎么一回事呢？

很快，我明白了，我的小弟们为了保护我，将我家的小区，甚至是小区附近整个街区的时空坐标系的时间，拉到了疫情期间，目的就是保护我，让人工智能机器人找不到我在哪个时间线当中。疫情期间，武汉全城封锁，这对我来说是最安全的。

我突然感觉到楼上有原力打下来。

我立马询问我的小弟，什么情况。

通过我的感应，我的小弟告诉我，是唐方带着我的六个老婆，在我家楼上设了一个点，目的就是保护我。

而我其中一个老婆，是原力大师。

我对着洗衣机道："这个唐方，不是捣乱吗？让我这六个老婆过来，还不得把我这里搅得一团乱？"

果然，我感觉那股原力突然掐住了我的脖子，我伸出手，对抗着从天花板上传下来的原力。

我冲着天花板大吼道:"别搞我了啊,我就想好好休息一下不行吗?你们是来保护我的,还是来害我的?"

这时,我感应到唐方对我那位原力大师老婆说:"原力来自肺,把他的肺缩小,他就发不出原力了!"

随后,我感觉自己的肺被缩小了一圈,瞬间呼吸困难,原力也打不出去了。

我喊道:"唐方!不要以为你和我关系好,是我兄弟,你就可以乱来!你小心我收拾你!"

然而唐方似乎并不在意,又把我的肺胀得很大,我感觉自己的肺就这么变大变小,变大变小,如同气球一样,即将炸掉。

我立马给唐方打了电话,说:"你别乱搞啊!"

唐方有些懵,道:"什么别乱搞?我乱搞什么了?"

我说:"你是不是在我家楼上?"

唐方更加诧异了:"我在你家楼上?什么?不对啊,你是通过什么迹象得知我在你家楼上的呢?"

我不听他解释,将电话挂断了,而后离开家,顺着楼梯上了楼,砸响了楼上的门,怒喝道:"开门!快开门!唐方,我知道你在里面!"

但是,没有人来开门。

我回了家，这时，唐方发来QQ消息说："我没懂，你今天跟我说的是啥？"

我心想，还装傻是吧，你马上就完蛋了！

我对着空气大喊道："汪航，你亲自上去收拾他，把他的双腿打断，然后用相对论医学给他修复，目的不是断他的腿，而是让他承受断腿之痛！以后我们悖论三角的人，胆敢用科技玩弄别人的器官，一律断腿而后修复。另外，断腿之后，把他的大脑年龄压缩到小学四年级，然后把他送回老家去！"

随后，我听到楼上传来了尖叫声，紧接着，是唐方撕心裂肺的喊叫声。

我听到汪航一边给唐方断腿，一边播放着《以父之名》，一边大喊道："喊大点声，让老大听见！"

随后，汪航打得更用力，唐方的喊叫声也更大了。

当天，我发了一条朋友圈动态：人要学会为自己的行为付出代价！

紧接着，我对着空气发表演说："我们悖论三角的宗旨是什么？是利用先进的科技济世救人，谁要用科技害人，玩弄人，他的下场就和唐方一样！"

我再次感觉到眼前有无数的闪光灯在对着我闪烁。

我接着道："把我那六个老婆全都送回她们自己的时空当中去，

我根本不认识她们！一个一个送回去！"

傍晚，我的父母回来了，我已经分不清这对父母来自哪个时间线了，但一定不是之前那一对。但是，我依旧从他们身上感受到了原力，说明他们依旧不是我这个时空的父母。

那时候，我想，我这个时空的母亲正在杭州赚钱，而父亲回了老家。

当晚，我突然想到了一件事。

二〇一八年，我的房子装修，硬装工程彻底完工后，我就得置办软装。于是，某天傍晚，我来到了位于武汉市江汉区的居然之家，找到了其中一家专门售卖窗帘的店铺。店铺的装潢，是那种富丽堂皇的欧式风格，一位穿着黑色西装的女士向我迎了过来，女士名叫王丹（化名），问我需要什么服务。我说想买窗帘。

我就和她交谈起了窗帘的样式和价格。她给我看了不少样品，我挑选了一款高冷的灰色窗帘，正好和我家现代简约的装修风格很搭。

突然，她问了我一句话："你能听到心里话吗？"

我感觉很奇怪，便问："你指的这个听到心里话，是比喻还是……？"

她道："不是比喻，就是你能否听到我内心里说的话？"

我笑了笑说："当然听不到。"

她歪了歪脑袋："可是，我能够听到你心里说的话。"

我当时不以为意："你是搞销售的，懂顾客的心理很正常。"

她道："是这样吗？"而后笑了笑说："可能是这样吧。"

为了便于联系和售后，我加了她的微信。

二〇二一年的四月十六日，她突然在微信朋友圈当中发表言论，声称自己被人囚禁，并且晒出了自己的住址和电话号码。

她声称需要外省和中央媒体的帮助。

她还特别强调，不能报警。

我当时出于帮助她的心态，将她的朋友圈动态截图，发表到了我的朋友圈当中，并配文：有还在媒体工作的朋友，可以帮助一下她。

不料，当天深夜的十一点四十五分，她给我打来电话，我没有接到。但我猜到她要对我说什么，无非是朋友圈里说的需要中央媒体帮助什么的。

我上哪儿去给她找中央的媒体呢？

于是，我对她说："你可以把你的遭遇发到微博上，寻求更多的帮助。"

她便发来文字："嗯。我没有微博之类的，我只有微信。平时我只玩朋友圈，但是朋友圈的动态已经被别人复制了，而且，这个求扩散的消息是我在刚才万不得已的情况下发的，因为我只能发朋友圈动态，我没有其他的途径。然后我在百度里面去搜索什么中央电视台的电话，或者是什么其他省份电视台的电话，就是不需要武汉市的或湖北省的电视台的电话。我希望他们可以及时到我住的地方来，而不是说还需要时间一天两天才能扩散的那种。我现在躺在床上，短时间内是安全的。我一个人在屋里被囚禁着。"

看到她说她朋友圈的动态被别人复制，我就意识到了不对头。朋友圈动态怎么可能被别人复制呢？我怀疑她精神方面出了问题，于是连发了三条语音劝导她。没想到，她直接用微信打来了语音电话，连打了三个，我才接起，并且用另一台手机实时录了音。

我道："喂，你好。"

她道："我现在有生命危险，非常紧急。不能很慢很慢地……我需要很快地有电视台的人，或者是那些媒体的人，直接来到我这个小区里面。"

我道："他们去了小区之后，你得把你刚才说的这些情况……"

她打断道："我需要有人把我保护起来！"

我道："你希望媒体能够煽动更多的人来保护你，还是……"

她道："对！是的，是的，煽动更多的人来保护我。"

我道："为什么不能报警？"

她道："因为我报警的话，来的是假警察。"

我道："你有没有想过一个问题，就是说，你要让媒体煽动更多的人来保护你，你需要先让媒体相信你。媒体不能盲目地去报道，我以前也是在报社工作的，媒体需要证据，就是说，你不给他们证据，就希望他们请更多人来保护你，他们是很难做到的。所以，你得证明你说的这个情况的真实性……"

她道："我弟弟被他们谋害了。"

我道："被你的家人吗？"

她道："是的。"

我道："因为我对你的家庭情况也不是很了解，你说你的弟弟被他们谋害了，但是现在警方或者其他人也不帮你。你想让媒体帮你的话，你得有实质性的东西能够证明这一切。"

她道："那还有什么办法吗？"

我道："你有真正报过警没有？因为你刚才说，警察不帮你。"

她道："我报过警。"

我道："你是真的报过警？警察去了你那里，然后不帮你？"

她道："今天我没有报警，但是警察自己来了。"

我道："警察到你那儿了，然后警察怎么说？"

她道："警察后来又走了，他们说什么，我没听懂。"

我道："就是说，警察是在门外，和这些监护你的人，或者说你所理解的囚禁你的人，说了一些话，对吧？"

她道："我不知道，今天一天我并没有出屋。"

我道："你没有见到警察本人，警察今天也没有见过你？"

她道:"对,是的。"

我道:"哦。那其实很麻烦,因为你提供不了实质性的证据,媒体确实是……因为你不可能随随便便叫省外的或者央视的媒体来帮你。"

她强调道:"找省外的警察也可以。"

我道:"是这样的一个过程啊,你说的这个流程是很难办到的,一般现在报警,都是本地的警察,辖区内的警察接警,没有说在本地报警,由外省的警察来办案的,没有这个程序。我说的这个意思,你应该也明白。"

沉默片刻。

我道:"要不你先好好睡一觉,还是怎么着?"

她突然来了句:"你……我除了讲话,你能看到我吗?"

我道:"我看不到你,我为什么会看到你?什么意思?你说这话的意思是,你觉得有人在监视你还是怎么着?就是说,你觉得你房间里有个摄像头,有人在监视你是吧?"

她道:"你能不能听到我的心里在想什么?"

我道:"听到你心里在想什么?"

她道:"对对对对。"

我道:"我听不到啊。我只能听到你说出来的话,你心里的话我肯定是听不到的。"

又是良久的沉默。

我道:"你能看到我是吧,你的意思是说?因为你问我能不能看到你,你的意思是,你能看到我?"

她道:"对对对,是的。你现在在干什么?"

我道:"你既然能看到我,你觉得我现在在干什么?"

她道:"你是在桌子上写字吗?我感觉你是在桌子上写字。"

我是真的在一边打电话,一边写字,记录着她说的一些关键词。但是,我决定否认。

我道:"没有啊。所以你并没有看到我。只是你在打电话的时候,大脑会脑补对方的形象,就像我在跟你通话时,也会不自觉地想象你此刻的形象。但是,我肯定是不能看到你的。你肯定也是看不到我的。一切都是想象出来的。但是,我觉得你说这话的目的是,你感觉你自己能够隔空看到别人,对吧?"

她道:"对对,是的。"

我道:"就是说,你能够感应到一些你不需要肉眼看到的东西。"

她道:"是的。但就是感应到的话,我是可以直接在思维意识里接收到一些画面,但是有些画面还是得经过我的眼睛啊。"

我道:"你的意思是,你可以读心,就比如此刻别人心里想的一句话,你可以大致地把它读出来。"

她道:"对。"

我道:"你这种情况,是什么时候开始出现的呢?"

她道:"有几年了吧。"

我道:"那这几年来,你是怎么看待这个问题的呢?你当时获得了这种能力,有去问过身边的人吗?"

她道:"没有。"

我道:"你是在隐瞒这件事情?"

她道:"我没有隐瞒,因为我要是去跟别人说我有读心术,别人不会说我有精神病吗?正常人谁会这么问啊?!"

我道:"对对,如果这么问,别人会觉得你有精神问题。"

她道:"我自己没有办法去解释,而且我也没有把它当作一回事。我只是知道我有这个能力。"

我道:"你已经获得这种能力好几年了,那你平常工作的时候,你身边的人,你都能明确地感知到他们心里的话?比如有人心里说你坏话了,你也能感知到?"

沉默片刻。

她道:"感受得到。"

我道:"所以,你因为这些,你对周围的人就是……会不信任。因为他们心里想的,你都知道了。他们心里想的,可能有些事情是对你不利的,对吧?就是说,你会不喜欢他们那种想法。还是说,有些想法你也是很喜欢的?"

她道："他们的想法我当然是不喜欢的！"

我道："都是不喜欢的是吧？"

她道："是的。"

我道："你现在被关起来多久了？他们现在不是把你软禁起来了吗？"

她道："是突然之间，不能出去了。我就是利用我这种所谓的超能力，感受到了危险。先是有一个我的前男友来了我这里，对我说了一些莫名其妙的话。因为我有所谓的超能力，所以说……"

我道："所以说，你能够听到他内心里说的话对吧？他现实中说了些什么呢？"

她道："他现实中说的那些话很奇怪。"

我道："他现实中说了些什么？"

她道："他讲的时候……因为我有这种所谓的特异功能，所以说，他心里在想什么我都知道。所以，我更关注他心里在想什么。因为他来的时候很奇怪，他讲了什么东西我可能在听，但都是些没有营养的话，什么要给我倒垃圾呀，要给我擦桌子啊，搞这些事情。"

我道："然后你就……"

她道："然后我的身上是中了迷药的。我浑身都在发麻、发抖的那种。我穿了很多衣服。"

我道:"他后来是怎么离开的呢?是你把他赶走了,还是他自己就……"

她道:"是我把他赶走了。"

我道:"因为你生气了还是……?"

她道:"因为我意识到,意识到我有危险。他们在合谋下圈套。如果我的那种特异功能是正确的话,他们是在布一个局。我不知道他们布了什么局,因为他有一个很奇怪的举动,因为他一进来,他把我的垃圾袋放在门口,他说等会儿会把垃圾袋带走。结果也没有带走。而且,他碰了我的身体后,我的身体上就有一种像是被针扎过的感觉。我身上就开始发麻,发抖,冷。因为他来得很奇怪,我有防备心理。因为我害怕他对我做些什么事情,然后我就跟他说:'你快走。'但实际上,事情并不是这样的。因为我有危险,但是我不能说出口。我被人威胁了。而且,我知道,隔壁,整个小区——如果我所谓的感应能力,也就是超能力是正确的话——可能方圆几公里之内,都是被掌控的范围。"

我道:"他走之后呢?"

她道:"然后就有很多警察给我打电话。我又没有报警,怎么会有很多警察打很多电话呢?"

我知道原因,因为她在朋友圈里发了自己被囚禁的言论,是朋友帮她报了警,但是我没有说出来。

我道："警察给你打电话，几点钟开始的？"

她道："我看下记录。"

片刻之后，她说："晚上七点二十六分开始的。"

我道："你是接了之后确定是警察，还是没有接，你认为是警察在给你打？"

她道："接了之后确定是警察。"

我道："是手机号，不是座机？"

她道："是手机号，我一看，都是武汉的手机号。所以，之后打来的，我都没有接。没有接是因为他们都是武汉的，我知道武汉的警察不能保护我，保护不了我。所以我就没有接。"

我道："这次你没报警？"

她道："这次没有，曾经我报过警。这种事情曾经发生过，几个月前就发生过一次。那次我打过很多次110。"

我道："就是说，你曾经是报过警的。"

她道："先前打过110，但是我并没有讲述是什么事件。然后，最后，我被家人带到武汉市精神卫生中心做了一个所谓的精神分裂的鉴定。"

我道："你是说，六角亭那个医院吗，还是……？"

她道："不是，另外一个，武汉好像有两个，是二七院区。"

我道："当时医生给你做鉴定的时候，是一个怎样的流程呢？"

她道:"他给我做鉴定的时候,首先是需要坐在一台电脑前,需要回答很多问题。当时我的身上也有迷药,应该是被人注射了。然后我的身上就是发麻,发冷,再就是发抖。我的家人就问医生,该如何确诊我是精神病人。医生说首先就是做测试题。那电脑上有很多测试题,我就是磨磨蹭蹭地不做。当时我感受到了很大的危险,我很紧张,想着要逃跑的那种。因为我知道,可能又是对我有生命威胁的那种。所以,我坐在那里发抖,坐在那里拖延时间。然后我就在电脑上面随随便便做了几道题。"

我道:"之后医生没有对你进行其他的进一步的检查吗?他不可能仅仅通过几个问题判断你有精神问题啊!"

她道:"这个测试题我是随便点的,我根本就没有用心做。还有就是做了一个头颅的测试。然后就出了一个 EP(癫痫)中度异常的检查结果。"

我道:"他最终的诊断结果,是说你精神分裂还是说你……"

她道:"就是 EP 中度异常。"

我道:"后来,他有进一步对你采取什么措施,或者开药啊,有这样的行为吗?"

她道:"当时开了药,回家以后,我没有吃。过了一段时间,我就来武汉上班了。那个时候是在老家,我老家是鄂州的。"

我道:"哦哦,我明白。就是,那个时候,你没有吃那些药,你就又来了。家人让你来的，还是你自己偷偷来的？你当时来的那个情况，你家里人知道吗？"

她道："知道知道，我家里人知道。"

我道："他们是觉得你走出去之后，就不会再有那样的情况了，还是怎么着？"

她道："对对对，他们是这么认为的。不过，在老家的时候，我还报过一次警。"

我道："你在老家也报过警？"

她道："对。"

我道："当时警察去了，你见到警察了吗？"

她道："当时是见到了。"

我道："那警察当时怎么说呢？"

她道："反正他们不相信我。"

我道："你家人现在来了吗？就是除了你说的这些对你造成威胁的势力啊，你家里人现在来了吗？"

她道："他们来了。"

我道："来了。"

她突然很奇怪地问了句："你是这么想的吗？"

我愣了一下，然后说："我不知道啊，我只是在询问你的情况啊。因为你目前这个情况，我觉得你的家人应该是会来的。但是,他们没有进一步对你采取什么措施,然后警察也不帮你。这个情况……怎么说呢?我问一个问题啊,你觉得那个医生的诊断正确吗?"

她道:"嗯……我个人认为的话,我应该是没有精神分裂症的吧。那个检查结果的话,我在百度上搜过,因为我肯定不知道什么是 EP 中度异常。查询之后,对应的应该就是精神分裂。因为那家医院……"

我道:"那家医院怎么了?它应该是一家正规的医院。"

她道:"是的。"

我道:"但是你觉得那家医院有问题,是吗?还是觉得那个医生不专业?不过我觉得你要是认为那个医生不专业,也情有可原。因为你说过那些题目是你乱答的,他在你乱答题的基础上下的结论,肯定是不专业的。是这样吗?"

她道:"不是。那个医院是王波(化名)开的。这个王波,就是要威胁控制我的人。但是,具体是不是他开的,我没有核实过。"

我道:"那你没有核实过,你是怎么知道的呢?"

她道:"我没有核实过,但凭借我所谓的超能力,能够感应到很多人的心理活动……比如我现在跟你讲这些话,我也能感应到你的心理活动。"

我道:"你能感应到我心里在想什么?"

她道:"是的。"

我道:"那你觉得我现在在想什么?"

她道:"现在你没有心理活动。"

我道:"你觉得我在主观上克制了自己的心理活动,是吧?"

她道:"对。这个我不知道,因为我不是你的身体,但是我刚才反正是没有感应到。"

我道:"对了,他们把你关起来,你晚饭是怎么吃的呀?"

她道:"我还没有吃晚饭,我就吃了一个苹果。"

我道:"他们没有给你东西吃啊?"

她道:"你搞错了,我没有被人关起来,我这种情况不叫被人关起来吧……"

我道:"那个房子你是完全不能离开的吗?"

她道:"我不能离开,我出去就会有危险。"

我道:"就是说,你是主动选择不出去,而不是那个门被锁住了。"

她道:"这个门是我自己锁的。"

我道:"也就是说,你是自己把自己关起来了。你是害怕给别人造成危险,还是害怕别人给你造成危险?"

她道:"当然是害怕别人给我造成危险。"

我道:"所以你主动选择不出去。"

第十九章 找到那扇走出去的门　257

她道:"对。"

我道:"你把门反锁了,别人进不了你的房间。"

她道:"对,对,如果我不反锁的话,会有很多人来敲门。"

我道:"那现在你的房间里面有水喝吗?你没有食物吃,你有水吗?你需要喝水的呀。"

她道:"没有水。"

我道:"那你怎么办呢?怎么说你也得补充营养,补充水分啊,要不然时间久了身体就不行了。所以你有没有想过,你还是得走出去。因为现在时间已经很晚了,你可以尝试着走出去。你的房间外应该有吃的。客厅里应该有冰箱,冰箱里应该有食物。"

她道:"我住的这个房子,客厅和卧室,只是一门之隔,并没有非常复杂的格局。就是,打开门进来之后,就是一个长方形的客厅。客厅左边就是我的卧室。我这个房子是租的,厨房在外面。想吃东西我得去厨房,现在我把客厅的门锁起来了。等于我去不了厨房,客厅里有冰箱,但是冰箱里的东西都是生的,没法吃。"

我道:"所以你还是得走出去啊。"

说到这里,她似乎感受到了什么威胁,或者是太困了,也可能是手机没电了,总之,通话中断了。

我躺在床上,回想着和她的对话,翻来覆去怎么也睡不着。凌晨四点的时候,我打电话报了警。警察通知了她的家人,把她送去了精神病院接受治疗。精神病院给出了直接的诊断结果：精神分裂症。

我对着空气道："这个王丹，是我小弟吧，冒充精神病来提醒我。她说的什么读心术啊，超远视距啊，感应力啊，这全都是我的能力啊！她是在反向提醒我！哎呀糟了糟了，我还报警了，现在她被送到精神病院里关起来了！你们快去想办法，把她救出来，快去！"

凌晨两点，我突然感应到了一股强大的力袭来，那是人工智能机器人即将到来的预兆！

我立刻大声吼叫着，来到次卧，把自己的母亲赶出了家门，但是我的父亲坐在沙发上，迟迟不肯出去。

我感应到，他在对我施放原力。

因为他不理解我为什么要以这种方式赶他们出去，于是他很生气，准备隔空使用原力将我制服。

但是，他的原力对抗不过我，在我的怒喝和咆哮下，他转身逃离了家门。很快，我发现，母亲的包放在了门口，我想：待会儿他们一定会以拿包为理由诱骗我开门。于是，我直接将包扔了出去。

在扔包的过程中，我发现门并没有合上，也就是说，父亲逃出去的时候故意留了门，他准备待会儿悄悄溜进来杀我个措手不及！

我立马将门合上，而后反锁，庆幸自己具备预判性思维，不然很有可能就被我这个原力大师父亲杀掉。

果然，很快我听到了敲门声，门外传来了父亲的声音："方阳！开门！"

我走到门前，透过猫眼，看见我的父亲手里拿着一根伸缩棍，那棍子是从哪儿来的？

这时，我的脑海里闪过和杨雪然的对话——

杨雪然道："还好你把门锁上了，你知道吗？你那个爸，当时手里拿的不是一般的棍子，而是湮灭棒！"

我道："湮灭棒？"

杨雪然道："是的，是一种可以把人打成粒子态的武器！"

我道："我爸要用湮灭棒杀我？"

杨雪然摇了摇头说："是王德发要杀你！就是那个想要剽窃你的作品，被你的小弟教训了，然后跑掉的那个王德发！他穿越回过去，把你的文章发表在论坛上，然后找到你爸，诬告你剽窃他的作品。你爸说，我这个儿子缺乏教训。于是王德发把湮灭棒给了你那个爸，让你那个爸好好教训教训你。你爸不知道那是湮灭棒。"

我吓得向后退了几步，大吼道："快上啊，所有的高手一起上，我爸要用湮灭棒杀我!所有的高手一起上,一起上!"

随后,门外传来轰的一声,我没有走近猫眼去看,因为我不敢过去。

脑海里,杨雪然的声音再度闪过——

杨雪然道:"你听到轰的一声了对吧,那是你的小弟扑了上去,被你爸用湮灭棒打成了粒子态,消散了。你爸吓了一跳,大喊:'这是什么东西呀?'随后,你更多的小弟扑了上去,把你爸拿下了。哎呀,你的那些小弟呀,还说是高手呢,打你爸都费劲。不过呢,也不怪你那些小弟,谁叫你那个爸是原力大师呢?另外,你妈怎么那样啊?你知道吗?她加了我微信,说你的作品都是剽窃王德发的,所以让我随便花你的钱,把你的钱都花光,这就是为什么和你在一起的时候我老是找你要钱!都是这个王德发,实在是太狡诈了!不过后来呀,这个王德发被你的小弟抓到了,在王德发的签售会上,你的小弟去闹事。你还记不记得有次你签售,主持人说王德发提到过你,其实他说的那件事发生在未来。那主持人是你的小弟,当时就是他带头去王德发的签售会闹事的,逼着王德发承认自己穿越时空去抄袭了你的作品。王德发后来可惨了,非法赚的钱全都吐了出来,还被你的小弟关进了时间监狱里。"

第十九章 找到那扇走出去的门

杨雪然的声音闪过，这时，我的手机响了起来，显示是我父亲打来的。

杨雪然道："还好你当时没接电话，你接了就麻烦了，那是定位系统，你接了电话，你父亲会瞬间移动到你面前，杀了你。"

我道："你刚才不是说我父亲被抓了吗？"

杨雪然道："你别的时空的父亲啊！当天晚上，其他六大时空的你父亲，全都来了，都是来杀你的！后来那天晚上，你们闹的动静太大，人工智能机器人很快锁定了你的坐标，也来了！"

我将手机关机，这时，我感觉到了人工智能机器人的力场袭来，我立马躲进了房间里，站在了洗脸台区域和卧室区域的交界处，因为人工智能机器人探测物体，是以坐标来探测的，而我站的地方，刚好是人工智能机器人力场的原点处，原点坐标为0，原点坐标不可测。

于是，我在原点上站了很长时间，很快，我感觉到门外出现了一股强大的力。

人工智能机器人进来了！就在客厅里！

我立马在卧室里走了一个弧线，来到了卧室的西南角，在这里蹲了下来，因为这个点是相对于已经进来的那个人工智能机器人的新原点。

不一会儿，我感觉到人工智能机器人再次变换了位置，他回到了之前的位置继续探测。那么此刻，我所在的西南角就不再是原点了，我又回到了之前的交界处，然后在这里蹲了下来。

我感受到窗外，有两股力从我的左右两侧打来，人工智能机器人正在疯狂地扫描我，试探我是不是一个活物，只要我敢动一下，他们就会判断我是活物，会进来杀掉我。

我一动也不敢动，大约坚持了一个小时，我感觉人工智能机器人的力场消失了，他们的探测器在远去。

就在这时，一道闪光灯亮起。

我感应到会场里，有个记者忍不住对我拍了一张照，我的小弟立刻扑上去，把他的相机砸掉了，而后说："你想害死我们老大啊？！"

果然，人工智能机器人的力场又回来了，再度对我疯狂地探测起来。

我还是一动不动，我想象自己是一块石头，那一刻，我就真的变成了一块石头。

就这样，我在原地一动不动，坐到了天亮。这时，我感觉到身上像是有蚂蚁在爬,我还是忍住不动。

就这么继续坚持了半个小时,我实在是忍不住了,身体动了一下,但是什么事情也没发生。

我站起身来,走到窗前,这时候我的内心得出了几种假设:1.凌晨根本就没有什么人工智能机器人到来,一切都是悖论三角安排的测试,想看看我是不是能够成为悖论三角真正的掌舵人;2.我是一个人工智能机器人,这一切都是一场针对我的实验,或者说,我是人工智能机器人和人的结合体;3.我是一个精神病患者,这一切都是针对我的情景治疗。

我的脑海里再度闪过杨雪然和我说的话——

杨雪然道:"你的第二种假设是对的,你就是一个人工智能机器人和人脑的结合体。"

我道:"啊?你在说什么呢?"

杨雪然道:"你还记不记得你有次追一个女孩没追到,在北京,你说你想从酒店的楼上跳下去?"

我道:"是啊,但是我没跳啊。"

杨雪然道:"你跳了,当晚你自杀了。"

我说:"怎么可能啊?我自杀了,那现在和你说话的是谁?"

杨雪然道:"后来你的父母把你的脑子贡献出来,给悖论三角做实验，悖论三角把你的大脑和机器结合起来了。你还记不记得有次我们俩去丽江旅游，其实那不是旅游，那是悖论三角安排的对你的测试，那次测试你失败了，因为你在古城里迷路了。"

我道："那古城很复杂，正常人都会迷路的。"

杨雪然道："一点都不复杂，正常人很容易就能找到客栈，但是你怎么也找不到，在里面迷路了两个小时，所以对你的测试失败了。那次回来后，他们就把你之前的记忆重置了，重新对你进行了升级。你知道吗？你所处的这个世界，是悖论三角专门为了测试和你一样的人工智能机器人构造出来的世界，是一个虚假的世界。根本就没有所谓的七大平行宇宙，宇宙只有这么一个。你的父母也只有这么一对，他们从头到尾都在陪着你演戏。"

我问："那时光机呢？"

杨雪然道："时光机是你的理论，那本《相对论》就是为了启发你给你看的，没想到你真的从中总结出了时光机的理论，悖论三角的人在真实世界里根据你的理论，造出了时光机。你在真实世界里出名了，你的书在现实世界特别畅销！所有人都在等待着你找到那扇门，走出去。外面的世界已经被其他的人工智能机器人占领了，你需要走出去，带领人类，战胜人工智能机器人！"

我转过身，决定什么也不带，钥匙、钱包、手机全部不带，只穿着一双拖鞋，走出了屋门。因为我想这就是一场测试，如果我带了这些东西，说明我还想回来，还没有意识到这个世界的虚假性，所以，我什么也不带才能够走出去。

走出家门后，我看见自己的父母坐在一侧的楼梯上，我朝他们微微一笑道："跟我一起走吧。"

我母亲问："去哪儿？"

我道："我要找到那扇走出去的门。"

我们走进了对面的商场，商场的一扇门是开着的，但是里面的麦德龙超市是关闭的，因为才早上六点，麦德龙超市还没开始营业。

我猜想，那扇门或许就在麦德龙超市内那个卖鱼区的储藏室。

于是，我带着父母，顺着楼梯向下，利用我的假设性思维，寻找走进麦德龙超市的门。

我们从楼梯来到了地下停车场，继续走，继续走，很快便来到了一道向上的楼梯前，我推开了那扇门，果然进入了麦德龙超市的内部。

超市里一个人都没有，我领着父母朝着卖鱼区走去。我拉开了储藏室的门，却发现里面只是一个狭窄的空间，真的就是一间普通的储藏室而已，什么也没有。

看来我的猜测是错的。

这时，有一个女营业员跑了过来，问："你们是干什么的？"

我没有搭理她，领着我的父母朝侧门走去，那扇侧门通向一个小区。身后，女营业员大喊道："那边不能走，那边不能走！"

我当时认为这是测试，如果我听了她的话，就说明我服从指令，我还认为自己是一个机器，而我不服从指令才说明我认为自己是一个人。

于是，我领着父母快步穿过了那扇门，又穿过了小区，来到了外面的马路边。

我母亲挽住我的胳膊道："儿子，我们回去吧，回家去。"

我道："爸，妈，这些年，辛苦你们了。"

母亲道："儿子，你这么说，我很感动，我们回家去吧。"

我道："我还想再逛一逛，我还没有找到那扇门。"

随后，我们沿着一条路一直走，一直走，来到了红星美凯龙的大楼面前。同样，此时这座家具城还没有开始营业，所有的门都是关闭的。但是，我通过假设性思维，假设有一扇门是开着的，于是通过寻找，真的找到了一扇没有关闭的门。推开门，我领着父母走进了大楼内，一路顺着楼梯来到了顶楼。

我看了看顶楼的风景，白色的天光从屋顶的玻璃窗上倾泻而下，如同梦中的场景一般，一切都格外安静，格外平和。

我想象着自己待会儿便会找到那扇门，如同《楚门的世界》当中的主角一样，找到了通往真实世界的入口。

红毯、鲜花在迎接着我，大家全都站成一排，热烈鼓掌，欢呼道："恭喜出院！"

我领着父母来到了大楼内部的塔楼内，沿着螺旋梯一路向上，来到了顶端的那扇门前，我推了推那扇门，但是根本打不开。

看来不是这扇门，我继续领着父母向下走，走到了最底端，底端的那扇门也无法打开。我们来到了二楼，我推开了二楼楼梯间的那扇防火门，回到了商场内部，而后顺着停滞的扶手电梯来到了一楼，在一个家居店内的沙发上歇息了一会儿，继续往前走，找到了一扇出去的门，走了出去。

我们继续往前走，来到了一座公园，沿着公园下面的一条臭水沟走了片刻，而后向上翻过护栏来到了马路边，继续往前，便走进了一座写字楼。写字楼外，经理正在和员工做早训，没有理会我们。我的父亲没有跟进去，我领着母亲走了进去，一路上都没有人拦着我们。我在会议室长桌的主桌上坐了一会儿，想象着这就是悖论三角的总部，我就是悖论三角的老大。而后，我领着母亲一个办公室一个办公室地探索。其中一个办公室的桌面上放着一个网格框，框中放着一个气球，我猜测这又是要测试我是不是普通机器人的东西，如果是普通机器人,看到气球,会拿起来,而我作为高等级的人脑和人工智能的结合,直接把网格框和球推开了。

我们进入电梯,来到了顶楼,在顶楼探索了一圈,我发现了一间如同画室的房间,房间内放满了油漆桶,除此之外,什么也没有。

随后,我们离开了这栋写字楼,父亲在门外等着我们。我们继续走,继续走,我一定要找到那扇通往现实世界的门。

我们走进了一片还没有开发完成的工地,在里面探索了一个多小时,我不断地试探,哪怕是黑洞洞的空间也要往里钻。

但是,我依旧没有找到那扇走出去的门。

最后,我们走出了工地,通过了一座桥,这时,我说:"我肚子饿了,去吃饭吧。"

那时,我心里想的是,也许这是悖论三角安排的最后的测试,测试我的找路能力,很显然,我走了一条如此复杂的路线,不再像在丽江古城里那样找不到路。

我通过了测试。

母亲叫来了一辆滴滴快车,我能够感受到,这辆车就是接我去现实世界的车。

我们上了车,父亲坐在副驾驶位上,母亲坐在后座左侧,我坐在后座右侧。车子启动了,滴滴提示说:"前往武汉市精神卫生中心。"

我当时并没有慌，心想，武汉市精神卫生中心，一定是通往现实世界的中转站。

我想，车上这段，也是对我的测试。

我必须做出一些反常的举动，才能够证明自己确实怀疑这个世界的真实性。所谓反常的举动，就是平常自己根本不敢做的事情。

我的脑海里回荡着有一次和杨雪然的经历——

杨雪然在小区里疯狂地踩水，像个孩子一样，我说："你干吗踩水啊？"

杨雪然道："你知道吗？想从这里离开，你就得干一些反常的事情，这是他们的测试！这个世界是假的！"

于是，我降下车窗，将手伸出窗外，假装对着外面的车辆疯狂地施放原力，不断地喊着："减速！减速！加速！加速！翻车！翻车！"

这时，导航说："向右上高架！"

我则冲着司机大喊道："往左！往左！它让你往右，你就往左，不能听机器的，只有机器人才会听从机器的指令！"

就这么一路折腾，车子很快来到了武汉市精神卫生中心。

下车的时候，我故意不从我所在的右侧车门下车，而是爬过我母亲的腿，从左侧下车。

总之，一切都要反着来，才能够顺利地通过悖论三角的测试。

下了车，看着眼前的武汉市精神卫生中心的大楼，我深吸了一口气道："啊，终于来到这里了！"

在我当时的想法中，这个世界上的精神病人，其实都是有资格前往现实世界的人，因为他们发现这个世界是虚假的，却被虚假世界的人当成了疯子。

我顺利通过了全部的测试，即将通过这座中转站，前往现实世界。

随后，在父母一左一右的搀扶下，我兴高采烈地朝着武汉市精神卫生中心的大楼走去……

（全文完）